旅と食卓

河村季里

角川春樹事務所

目次

本書に登場する街

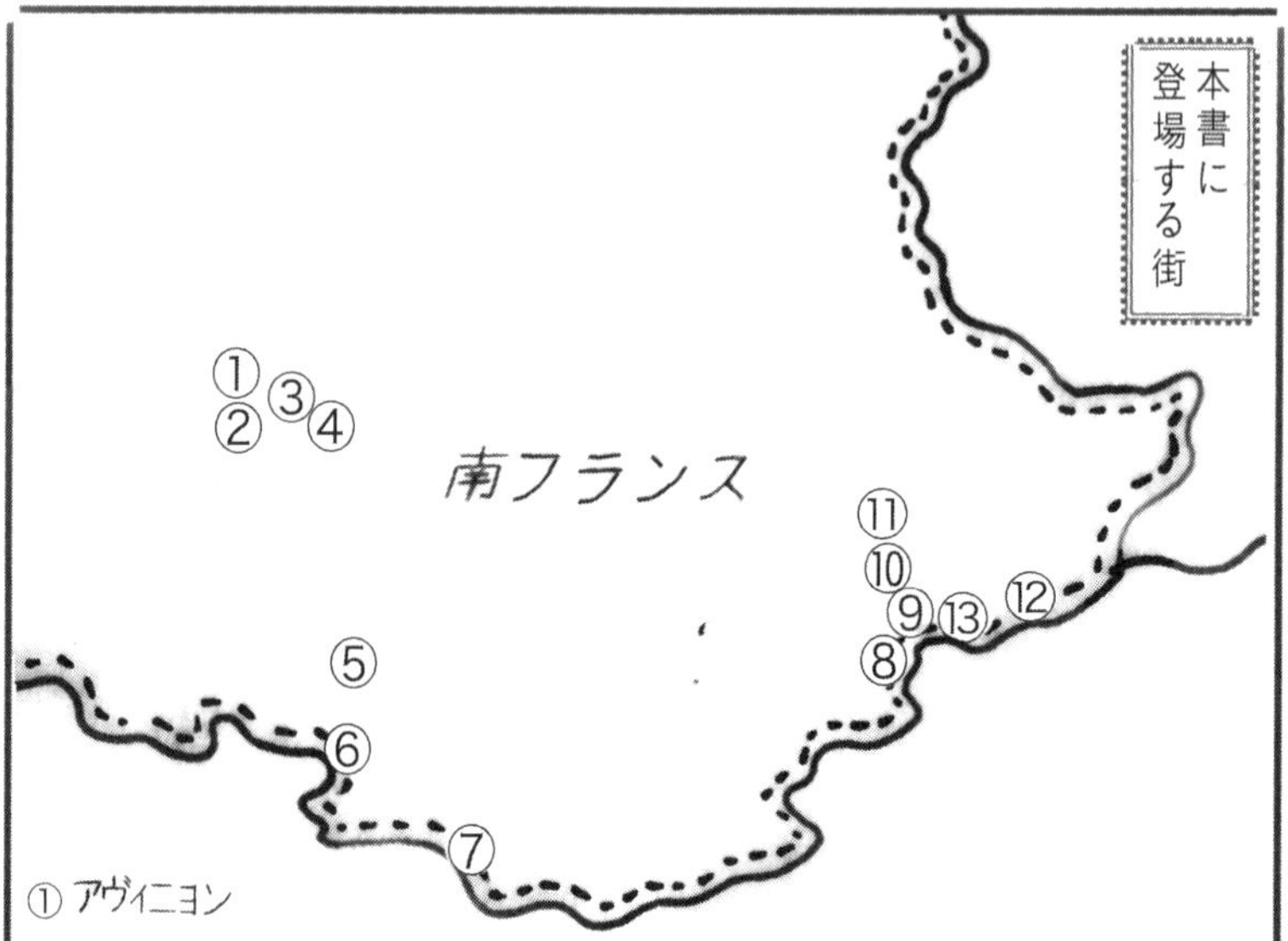

① アヴィニヨン
② サン・レミ・ド・プロヴァンス
③ ゴルド
④ ラコスト
⑤ エクス・アン・プロヴァンス
⑥ マルセイユ
⑦ カシ
⑧ アンティーブ
⑨ カーニュ・シュル・メール
⑩ サン・ポール・ド・ヴァンス
⑪ ヴァンス
⑫ エズ
⑬ ニース

旅と食卓

序　空港ラウンジのフムスと強の食事

東京――パリ

パリと南仏をまわることにしている。

四十日間ほどの旅である。


旅は、出発する瞬間が愉《たの》しい。

駅でか空港でか、いよいよ出かける、というときに、流れていた時間の質が変わる。旅の時間、が立ち上がってくる。旅の気分が昂揚《こうよう》する。

だから行先くらいを決めて、あれやこれやは考えずに時間の流れに身をまかせ、ただ出かけるというような旅がいい。

若いころ、いつ日本に帰るかわからないような気楽な旅では、北へ向かうとか南へ向かうとか、大雑把な予定はあっても、またどの国のどの街にするか、というようなこだわりがあったとしても、束縛されるように決まっていたわけではない。途中、旅の気分でいかようにも変わってくる。予定はあってないようなもので、予約をする、ということも知らなかった。ホテルは街に着いてから安くて条件のよいところを探せばよかったし、レストランは路地を歩いては安くて旨《うま》い店をみつけるのも旅の愉しみといえた。

しかし今回のように往復の飛行機の予約があり、その間何日と決まっているような旅ではそうはいかない。出かけるまえに、ある程度綿密な準備が必要になる。

準備は、ルートを決めるところから始まる。

地図をひろげ、めぐる街を決め、移動の交通手段を考える。

名所旧跡を避けるのは昔もいまも変わりがなく、観光したり遊んだりすることは目的にない。小さな街に眼《め》がいく。ただ印象派前後の画家たちの暮らした街は気になっている。南仏となるとゆかりの画家は多い。ポール・セザンヌ、フィンセント・ファン・ゴッホ、ポール・ゴーギャン、ピエール＝オーギュスト・ルノワール、マルク・シャガール、アンリ・マティス、パブロ・ピカソ。どうしても、というわけではないが、聞き知った街には興味がある。ルートにそういう街を組み入れる。

ついで、ホテルとレストランである。ガイドブックや雑誌やネットで探し、調べるが、泊まりたいホテルに泊まり、食べたいレストランで食べるとなると、どうしても予約が必要になる。

まず全行程のホテルを予約する。

窮屈な旅である。

そのストレスは、できるだけ事前に取り除いておきたい。スムーズに旅がしたい。無理が生じてはつまらないので、同じ街に二泊するか三泊するか、というような日程の按配《あんばい》が肝になる。

ロケーションなどはもちろん重要だが、エレヴェーターや駐車場の有無など施設もチェックし、部屋も、上階にしてほしいとか静かな部屋がいいとかリクエストする。

ホテルが決まると、レストランである。

食事の予約はホテルと較《くら》べるとずいぶん面倒になる。ホテルのオーナーやコンシェルジュに予約をしてもらうが、まず調べた情報から気になったレストランをメールで知らせ、意見を訊《き》く。推奨する店も訊いて検討する。そのうえで食事の日程をつくり、送り、予約を頼む。レストランだから、休日があり、満席の場合があり、またクレジットカードのコピーを要求されることなどもあって、決まるまでに何度もメールのやりとりをする。

もっとも彼らが推奨したからといって、その店が自分にとってほんとうによいかどうかはわからないし、ＳＮＳの情報も助けにはなるが、味についての意見となるとあまり信用はできそうにない。書き込みをする者は、味がわかるというよりも投稿することが趣味という場合が多そうで、しかもディナーよりもランチの評が多く、それでは参考にならない。もとより味の評価などは極めて個人的なもので、料理評論家だの食通だのといわれる者の舌だってそうそう信用できるものではない。いずれにしても、どんなに評判がよかろうと、いかに内容を検討しようと、ハズすかハズさないか、旅行中のレストランを決めるのは賭《か》けのようなところがある。

レストランの予約では、日によって食事の強弱をつけておくことも重要である。

旅先ではその国の料理を食べることにしていてフランスではフレンチだが、予約するとなるとどうしても老舗《しにせ》や高級店が多く、コース料理になることがあり、またいきおいバターを使った調理も多くなる。強弱でいえば「強」。これが続けば胃が悲鳴を上げることになる。したがってそんな店は三日に一度か二度にしておく。

「強」の食事といえば、今回の旅の始まり、すなわち日本からパリへの機内食がそもそも難関であった。

日本からはカタール航空の、ビジネスクラスを選んだ。といってもマイレージが溜《た》まっていただけのことで、選んだといえば北回りではなく南回りのコースである。

南回りとなると、航空会社によって中東の空港などで何時間かトランジットする場合もあり、時間がかかる。しかし最近はむしろ北回りより楽だと思うようになった。パリまで北回りの直行便だと十二〜十三時間で、これだけあれば睡眠には十分なはずだが、離着陸時の時間やら食事時間の騒ぎでどうしても寝不足になる。時差もあってパリに着いてからがつらい。南回りは時間がかかる分睡眠が摂《と》れる。途中の乗り継ぎも、数時間待たされたとしても過ごしようはある。ドーハやドバイの空港は昼も夜もなく二十四時間営業で、いつもこれでもかというほど煌々《こうこう》と明るく、時間の切れめがなく日付けが変わることにも無頓着《むとんちゃく》、ちょっと不思議な場所である。ビジネスクラスとファーストクラス客用のラウンジもあってこれも閉まることがない。しかも非常に充実しているから、ゆっくりとくつろげる。ひろびろとして、シャワーもあれば簡易ベッドもある。必要ならば日本語で打てるパソコンも並んでいる。充電器は各テーブルごとについている。

なによりも素晴らしいのは食事の充実である。

酒とともにすべて無料なのはどの空港も同じだが、二十四時間いつでも食べられ、料理が多彩で手が込んでいる。しかもなかなかに旨い。中東にはメゼと総称される、ワインには絶好のツマミになる前菜があり、これが豊富でいい。ひよこ豆とゴマをオリーヴオイルでペーストにしたフムスや、焼きナスを潰《つぶ》してレモンやニンニク、オリーヴオイルと合わせたババガノッシュなどはいくらでも食べられる。

昔、中近東へ旅をした折、美食の古都といわれるシリアのアレッポに入り、それまで経験しなかった繊細なアラブ料理に驚いたことを鮮明に覚えている。いま中東紛争で、アレッポを瓦礫《がれき》の街に崩壊させた者たちは、燦然《さんぜん》と輝いていた街の食文化をも無残に葬り去ったのではあるまいか。

空港ラウンジの食事といいたれりつくせりの設備は、その気になればここでゆったりと暮らせるのではないかと思うほどだが、注意しなければならないのは、次の便に乗り遅れないことである。

さて、機内食である。レベルは高い。

たとえば、白いテーブルクロスのうえに次々と登場する夕食は、アーティザンブレッドにオリーヴオイルとバルサミコ、ロブスターのメダリオン、ホタテ貝のグリル、スモークサーモン、ケタキャビア、枝豆、プチ地中海サラダ、ハーブ風味の焼いたサーモンにオリーヴとトマトのソース、付け合わせにスナップエンドウ、ニンジン、エシャロット。

機内食にさほど興味があるわけではないが、エミレーツ航空やカタール航空のビジネスクラスともなるとスミにおけない。しっかり調理がほどこされている。一皿ごとにサーヴされ、いずれも旨い。いうまでもないが、シャンパンから始まり、白赤のワインは好きなように飲め、最後はデザートにプチフール、お茶、となる。

時間が長いので、パリに着くまでに夕食が二度出る。その間にたっぷりとした朝食があり、昼食がある。機内にいるあいだずっと、眠っては食べ、食べては眠る、ということになる。食事は種類も量も多い。すなわち「強」の連続。

これは予約したわけではない。黙っていればどんどん供される。シャンパンやワインのほろ酔い気分でいい気になり、うっかりこの過剰サーヴィスにのせられると、胃や肝臓が非常事態になる。今回も用心したつもりだが、ついのせられた気がしないでもない。美しいCAたちの、優しくて魅惑的な微笑のおもてなしほど危険なものはないのである。

旅の半分は、出発前の予約に費やされるといってよい。

全行程の予約が成立すれば、道程はもう動かせない。

ホテルもレストランも、キャンセルができなくはないが、一つ狂うと全体がおかしくなる。旅の途中、予定の変更に翻弄されるのは時間の無駄でもありストレスにもなる。キャンセルを考える必要のなさそうな旅程を編み上げる。

出発してしまえば、あとは決めた予定をしっかりこなしていくことが、旅の基本になってくる。

とはいえ、多かれ少なかれ障害は必ず出てくる。それが旅で、なにが起きるのか出かけてみなければわからない。街は歩いてみなければわからない、ホテルは泊まってみなければわからない、レストランは食べてみなければわからない。わからないから出かけるようなものである。

街を歩き、泊まり、食べ、移動することが、この旅である。

旅は、二〇二二年秋のことである。

このころ世界はまだコロナ禍のなかにあった。とはいえ、日本国中マスクをしている時期にパリでも南仏でもそんな人はほとんど見かけず、街は感染症などすっかり忘れたように活況を呈していた。

スクランブルエッグとセーヌ、パン窯焼きのハト

パリ―アヴィニョン

南仏アヴィニョンのＴＧＶの駅を出ると、曇天のパリからきたせいもあって、ふいのように開放的な明るい光に包まれた。

ルノワールやモネの絵のようだが、柔らかい陽射《ひざ》しではない。ゴッホのように鋭く力が漲《みなぎ》る光である。そういえばゴッホが晩年、癲癇《てんかん》の発作と闘いながら熱情迸《ほとばし》るままに描き続けたアルルやサン・レミ・ド・プロヴァンスの街はここから近い。

アパートメントホテルのステファンというオーナーが駅に迎えにきていた。やり手のビジネスマンという態《てい》の中年の男である。

彼の真新しい韓国製のＳＵＶは、秋の晴天の下、樹木も家々もくっきりと鮮やかな輪郭を見せる風景のなかを走り、やがて旧市街を囲む城壁をくぐった。

急に風景が変わった。

空が小さくなった。光が遮断され、緑色が消えた。灰色に色褪《いろあ》せた建物が街をぎっしり埋《うず》め、細い路地が迷路のように曲がりくねる。車は道幅いっぱいになりながら、ステファンは器用に片手でハンドルを操る。翳《かげ》った窮屈な街路は、人通りも少なく殺風景で暗い印象だ。中世の街、である。

ホテルはそのなかの一軒で、看板もなく変哲もないが、古びた鉄の重い扉を押して入ると、しかし部屋はうって変わって明るく、瀟洒《しょうしゃ》で、家具も置物もこじゃれたアンティーク調で飾りたててある。

小さなテーブルではウェルカム・シャンパンも冷えている。

ステファンは、キッチンやシャワーなど部屋の使い方を教え、街の地図をひろげて簡単に説明すると、おもむろにレストランのメモを取り出した。メールのやりとりで予約をしてくれた店である。地図にそのレストランの場所を記す。

「どの店も旧市街だから歩いていけます」

地図を丁寧にたたんで寄こし、

「なにかあったら電話をいただければ。五分で駆けつけますよ」

部屋のキーを渡して出ていった。

街へ出る。

昼は過ぎているのだが、パリのホテルで十分な量の朝食を食べてきたから、レストランを探すほど空腹ではない。

なにか少し、と思い、地図を頼りに市場へいく。公設市場とでもいおうか、巨大な建物のなかに、あらゆる食材屋がある。八百屋、魚屋、肉屋はもとより、チーズ屋がありパン屋がありパン屋があり惣菜《そうざい》屋があり、なんでもあって賑《にぎ》わっている。

何軒かの魚屋の隣には飲み食いのスペースがあって、満員だ。テーブルには生牡蠣《なまがき》をびっしり並べた大振りのプレートを中心に皿やワインの瓶やグラスやらが入り乱れ、昼間からわいわいやっている。もちろんこういう店に予約は要らない。

酒屋で白ワインの小瓶を買い、割り込んで座り、大小二種類の生牡蠣を半ダースずつ注文するとパンもついてきた。

平べったく殻に張りついた新鮮なやつにレモンを垂らす。舌に乗せ歯を立てるとひんやりとした甘みがさざ波のように口中にひろがり、鼻孔《びこう》のあたりで涼し気な潮の香りが揺らぐ。旨《うま》い。思ったより味が豊満で濃い。頭のうえからはフランス語のおしゃべりが降り注ぐ。旅に出ているという実感が膨れる。この秋初めての生牡蠣に旅の味が重なって、十二個があっという間に胃におさまった。

アパートメントホテルでは朝食は出ないから、翌朝のために市場を歩きまわる。バゲットと小さなシェーブルチーズと、パテ・ド・カンパーニュ一切れと、それにナツメヤシとトマトとオリーヴを少しずつ買い込んだ。これらをツマミにして、シャンパン・ブレックファストにすれば上々の朝食にならないはずはない。

朝が待ち遠しいような心持ちになる。

食事の強弱でいえば、生牡蠣の昼食も翌日の朝食も「弱」の部類である。


パリには三泊した。

じつは着いたその日の夕食から、早々につまずいていた。

カタール航空QR039／388便がシャルル・ド・ゴール国際空港に着いたのは午後一時五十五分。フォブール・サントノレにあるホテル、ル・ブリストルにチェックインしたのが、午後四時過ぎ。ホテル内のル・114フォブールというレストランの予約は、約三時間後の午後七時三十分である。それまでにしっかり空腹がやってくるのかどうか。

念のため機内食は一食抜いてあるし、レストランはミシュラン一ツ星であるがメインダイニングではなく、ややカジュアルらしいので軽く食べればよいかと心配してはいなかった。が、これが浅はかであった。

アミューズは、トマトをのせたプチピザ。

これはほんの一口だが、ピザの旨味をパイの皮に封じ込め、少しバターが効いているものの、トマトの酸味がさらりとやわらげ、今回のパリで、舌への最初のプレゼンテーションとしては悪くない。

前菜は、冷えたトマトにブッラータチーズ、ブラックベリーとティムレットのソルベにブラックベリーとバルサミコ、アーモンドのソース、クリスプなレタスとベビーリーフのサラダにはパルメザンチーズと黒トリュフのソースが掛かり、量が多くソースがやや重い感じだが、このくらいなら問題はない。とはいえ、機内で攻撃に晒《さら》された胃はまだ完全には立ち直っておらず、それを刺激して食欲を引き出すほどの美味には遠い。

ならば前菜だけにしておけばよかったのだが、メインの一つにビーフのタルタルとあるのに舌がひくついていた。生肉には眼《め》がない。ここのところ日本ではまったく食べていない。シャンパンを赤のグラスワインに替えると、気のせいか胃に少し余裕が生まれたような気配を感じる。しかし運ばれてきた大皿は、ふわり悪い予感の膜を被《かぶ》っていた。気のせいだった胃が勝手に塞《ふさ》がりかかる。リモージュの皿にこれでもかと丸く盛られた肉は四百グラムはあるのではないか。

アンチョビ風味という塊《かたま》りにフォークを入れる。

一口で、がつっときた。まさかフレンチに朝鮮料理のユッケなど夢想したわけではないが、なんとなく口中でとろけるイメージがあった。それがいきなり無慈悲に裏切られた。肉が硬いのだ。しかも細かく刻まれた肉の山はぎっしりと積まれて山そのものが硬い。これを焼いたのがハンバーグだというから、この詰まり具合は当然かもしれない。「強」印の旗がなびいている。しかし味さえよければ、少々疲れようと顎《あご》はいくらでもがんばる。

では味はどうなのか。旨いのかまずいのか、すぐには判断がつかない。アンチョビ風味だからしっかりした味だが、肉の旨味がどこかに隠れてしまっている。舌の味蕾《みらい》で注意深く探ってみるが、みつからない。肉として期待した味がいつまでも現われない。二口呑《の》み込んで、ナイフとフォークを八の字に置き、ワインに手を伸ばした。そう、味つけはともあれ、肉はどうかと口内に糺《ただ》せば、まずい、と断じるほかない。まずければさっさとナイフを、いや匙《さじ》を投げればよいのだが、悪いのは舌のほうかもしれないという思いも少しだがある。ずいぶんと謙虚である。謙虚にしたのは、カタール航空である。機内での満腹感が舌の感覚を鈍らせていることがないではない。そう思い直し、しばらく格闘し、しかし三分の一ほどで自分の顎にタオルを投げた。

このレストランにそれほどの期待があったわけではない。

メインダイニングの三ツ星エピキュールが素晴らしいので、このホテルのセカンドなら大丈夫かと思ったにすぎない。パリは昨今治安が悪いという噂《うわさ》があって、最初の一食がなんだかひったくりに遭《あ》ったようでいまいましいが、ハズす、という体験には慣れている。旨い店に辿《たど》りつくまでに、ハズした店は少なくない。

しかし明日の朝食ばかりは、ハズさない、という確信がある。パリでいちばんの朝食はこのホテルだという人は多く、何軒も試したわけではないが、とくに異論はない。六年前にも滞在して何度か食べた。

エピキュールの、「強」の朝食こそパリ滞在の愉《たの》しみの一つである。

天井が高くひろびろとしたロビーから右の奥へ、優雅なそぶりのラウンジ、カフェ・アントニアの前を進むと、右手のガラス壁のむこうによく手入れされた中庭が見えてくる。このエントランスの奥にレストランのエピキュールがあり、入り口が見える。そこで美食が待ち受けているという期待がおのずと高まってくる。ダイニングまでのこういうアプローチはとても重要だ。途中にレセプションがある。

中庭に面したテーブルに案内され、座ると、六年前の景色がそのまま蘇《よみがえ》りひろがっている。白いテーブルクロスが鮮やかで、ひろい部屋全体に朝の清冽《せいれつ》な気配が満ちている。午前九時。部屋から下りてくるのはいつもこの時刻で、十一時までひらいているから二時間たっぷり食べる。テーブルが埋まり出している。このホテルの客は早起きが苦手らしい。リゾートホテルではないが、気分はゆったりしている。若い客は少なく、ツアー客はいない。

　エピキュールの朝食の愉しみは、ホールのスタッフの心地よいサーヴィスに負うところも大きい。

『フランス料理の歴史』（ジャン＝ピエール・プーラン、エドモン・ネランク著、山内秀文《やまうちひでのり》訳・解説）によれば、フランス料理が変革されたのは十九世紀で、あのブリア＝サヴァランもこの時代の人だが、変革とは料理のことではなくサーヴィスのプロ化が始まったということであるらしい。フランスのメートル・ドテル（給仕長）には客の好みを察知する能力が必要で、客の性格や国籍、年齢、性別、それにその日の気分までも一瞬のうちに判断できなければならない、といわれるようになり、レストランの生みの親が料理人ならば育ての親はメートル・ドテルなのだ、とある。

　それが格式の高いフランス料理店の伝統になったのであろうか。評価の高い美食を長年護《まも》り続けてくれれば、その自信に裏打ちされて自然に身につくものがあるのだろう。エピキュールの幾人かのサーヴィス・スタッフは紛れもないプロである。眼配りも気配りもよいが、しかし忙しくしている素振りは見せない。礼儀正しいが、ホスピタリティの押しつけはない。ゆったりと構えた風情《ふぜい》で、挨拶《あいさつ》一つにしても気取りはなく、客をくつろがせ、テーブルになごやかな空気を演出する。客との間合いは絶妙といってよく、それは当然夕食時にも発揮されるが、朝食の開放的でのどかともいえる時間の流れのなかではいっそうのびやかである。なにせこちらは二時間もゆったりと食べているから、スタッフもそれに合わせて雑談もすればジョークも交わす。

卵料理を注文する。

「どの種類にいたしますか」

と訊《き》くので、

「パリで今朝いちばんのスクランブルエッグが食べたい」

と返すと、

「二番だったらキッチンに謝りにこさせます」

にやりと笑う。

「具はなにを入れましょうか、黒トリュフなどもありますが」

「要らないね。プレーンでシンプルなのがいい。ぼくの舌はいたってシンプルなのです。それからあとでスモークサーモンとハムを少しずつください」

注文するときにメニューは見ない。メニューに出ているのはどこのホテルも同じようなものだし、メニューにないものも注文するのだから意味がない。最初に注文するジュースもその日の気分でニンジンやリンゴなど搾りたてを頼む。「デトックスジュースなどもありますが」というので、試すことにしたが、たぶんメニューにはない。トマトとマッシュルームのサラダも、あとから食べるつもりのブロッコリーやズッキーニといった温野菜ものっていない。

オムレツなどの場合、なかに入れる具は十種類を超えるだろう。これを思いつくまま二種類か三種類いっしょに注文して、できないといわれたことはまずない。キッチンに食材さえあればなんだって出てくる、と勝手に思っている。

パンは最初に籠《かご》に入ってテーブルに置かれる。

食べきれない量で、お好きなものだけをどうぞという具合。バゲット、クロワッサン、パン・オ・ショコラ、アプリコットのペストリー、ショコラのペストリー、カスタードクリームのペストリー、ブリオッシュ、ビスケット。このパンがいずれもぬかりなくことのほか旨い。ただこれをがまんしておかないと、あとが続かなくなる。

六年ぶりのスクランブルエッグは、パリいちばんかどうかわからないが、夕食に出てもおかしくないほどに、料理の一皿として堂々と豊潤極まりない。質のよい生クリームやサワークリーム、バターや牛乳やあるいはチーズなどの乳製品を使っているのだろうが、これらが巧妙に一体となって卵をそそのかし、ただの卵がこれほどの料理になるかと思われる。攪拌《かくはん》の技術やら火の入れ具合やらの腕前の高さが容易に想像され、口中いっぱいにとろとろと優美にとろけ、喉《のど》を愛撫《あいぶ》しながらすべり下りる。

スモークサーモンは丸い皿に円を描くように並べられ、おきまりのブリニというそば粉の小さなパンケーキにディルというハーブを使ったディップがついてきた。サーモンは爽《さわ》やかにつるりとした肌合いだが、口に入れればねっとりと艶《つや》やかに奔放な色気を放ち、その色っぽさは香りが決め手なのだと主張し、それをディップの酸味がまあまあとなだめる。

パルマのハムはスライスしたばかりの上質なやつをばっさりと皿に置いただけの、見た眼にはちょっと蓮《はす》っ葉《ぱ》だが、舌を絡めればじっくりと手間ひまかけた熟女。

朝からナンだが、サーモンとハムはそんな趣の色っぽい風味である。

こうして二時間。もう昼食用の時間も必要なければ、胃に余裕もない。

パリでは、毎朝こんなふうだから、おのずと一日二食になる。午後は美術館へいくか、街を歩くか、カフェで時間を潰《つぶ》すかである。エッフェル塔も凱旋門《がいせんもん》も遠眼にしか見たことがない。


美術館では、オランジュリーがお気に入りである。

ルーヴルもオルセーもいくたびに新しい発見の連続だが、まずはオランジュリーで、クロード・モネの、円形の壁一面を覆う巨大な『睡蓮《すいれん》』は、何度観《み》ても時を忘れる。美術館の規模は小さくて、印象派以降の画家で観るべき作品も所蔵しているが、それはおまけのようなもの、建物は自然光の採り入れ方などモネの大作のために設計されている。

『睡蓮』の絵に囲まれて、フロア中央のベンチに陣取り、身体《からだ》を左右に動かしては眺める。絵のすぐ近くまで立っていき細部に眼を凝らし、絵に沿って歩いたり、またベンチに戻ったりを繰り返す。近づいてつぶさに観ると、繊細極まる筆致と大胆な色使いに改めて驚く。切り離せば八枚の連作は、「朝」とか「沈む太陽」とか「木の輝き」とかそれぞれにタイトルがついているが、巨大な絵を蔽《おお》う画家の執念たるテーマは「光」で、二百点もあるといわれる『睡蓮』のなかでもここにある最晩年の大作は、俗ないい方だがそれこそモネが命を懸《か》けた集大成だろう。時間の流れとともに、動き、留《とど》まり、揺らぐ光のドラマは、静寂の奥で怒濤《どとう》のように、文字どおり壁一面にくりひろげられる。睡蓮の池の底から、モネの魂の声が聴こえてくる。

オランジュリーのあるチュイルリー公園を歩く。

セーヌの河畔に出る。

六年ぶりのセーヌである。この河を眼にするたびにそういう思い方をする。どこにいてもパリにいるのだという感慨はあるが、セーヌは別格である。

セーヌは、景色として美しい河ではない。

セーヌを見るのはほとんど昼間で、あるいは早朝の霧に包まれたセーヌや、黄昏《たそがれ》に焼けた空を映したセーヌを見たことがないせいかもしれないが、そういうセーヌを見たいとは思わない。この河には化粧など不要で、無表情が似合う。無表情こそ、多くを語るのではないか。

かつて旅先で記憶に刻んだ、異様に美しい二つの夕景がある。インドのタージ・マハルからヤムナー河のむこうに眺めた落日と、雨上がりのジャカルタ港を赤々と蔽いつくした空である。日没のドラマはただ沈む太陽ひとりで演じるものではない。そこには夕日を輝かせる恰好《かっこう》の雲があり、見えない湿気や光の方向や、あるいはスピリチュアルともいえる条件が同時に揃《そろ》ったからで、ほとんど奇跡的な瞬間といってもよい。

モネにはセーヌの絵が多い。それも美しい朝のセーヌである。彼は早朝、日が昇るまえのセーヌへせっせと出かけたという。モネは自身が望むような奇跡的な瞬間の光を求めて彷徨《ほうこう》していたのではないだろうか。パリの北西十キロほど郊外にあるアルジャントゥイユという、エドゥアール・マネが所有していた土地の傍《そば》に住んだり、さらに五十キロあまり先のジヴェルニーという村に住んで睡蓮の池を造ったりしていたが、ともにセーヌ河畔に近いという。「印象派」の名のもととなった有名な絵『印象・日の出』はセーヌの河口である。

いまになって気づくのだが、どうやら絵画で観るセーヌとパリを流れるセーヌはべつのものとして捉えていたようで、自然の草木に囲まれて流れるセーヌは見たことがない。セーヌといえばパリを流れる河で、シテ島があり、いくつもの橋が架かって、パリを右岸と左岸に分ける河、という以外のものではなかった。

セーヌはいつもどんよりしている。この時期秋も終わりかけたパリは並木の緑が褪せ、風情はことさらに寂しいが、美景でないとはいえ、セーヌはパリの中央にどうと居座り、両岸の風景を睥睨《へいげい》して尊大な存在感を見せる。

今回のパリのガイドブックの一冊はアニエス・ポワリエという評論家の『パリ左岸1940―50年』（木下哲夫《きのしたてつお》訳）で、そのなかに、『真昼の暗黒』を書いたアーサー・ケストラーは早朝のセーヌを橋から眺めてその美しさに涙を流した、とある。大戦直後のことで、そのころのセーヌの光景は違っていたのかもしれないし、奇跡的な朝だったのかもわからない。しかし思うのだが、どれほど美しい風景も「涙を流す」ほどのことがあるのだろうか。

あるとすれば、その風景を見る者の背後に、感情に刺さる物語があってのことだろう。人が風景に対峙《たいじ》する、とは本質的にそういうことではなかろうか。ケストラーが朝のポン・ロワイヤル（ポンとは橋のこと）で涙を流しているころ、ポン・ヌフにいたのは、ジャン＝ポール・サルトルとシモーヌ・ド・ボーヴォワールで、この三人にアルベール・カミュなども加わって、モンパルナスあたりのナイトクラブで朝までしたたかに飲んでいたのであるらしい。どんな酒だったのだろうか。それが「物語」である。パリで、左岸で、セーヌなのだ。

パリにきてセーヌを見ないで帰る旅行者は少ないだろう。パリを象徴し、流れる文化といってもいいようなもので、詩にも小説にも絵画にも映画にも、パリを描くものならばなんにでも登場してそれなりの役割を果たす。そういった伝統のようなものを、いわばあからさまに浮かべて今日もどんよりとパリの曇天を映す。テムズもハドソンも大都市を流れるが、セーヌほど街の情感と絡み合って流れる河はない。

セーヌの「右岸と左岸」は、たんに河の両側ということではなく、大きく文化を分けるエリアとして存在する。いくつも架かるそれぞれ個性的な橋もすべてセーヌの一部となって文化を背負っている。

少し説明をすれば、シャンゼリゼ大通りや凱旋門、エリゼ宮、モンマルトルの丘なとどともに、大きなブランドブティック・ストリートや有名高級ホテルなどの多くは右岸に、サン・ジェルマン・デ・プレやカルチェ・ラタン、モンパルナス、リュクサンブール公園といったエリアなどは左岸にある。画家たちは最初右岸のモンマルトルを中心に活躍していたが、二十世紀に入るとエコール・ド・パリと呼ばれる者たちは次第に左岸へと移り、文化の拠点は左岸となって、これは第二次大戦後の一九四〇～五〇年代まで続いていく。このことはまたのちに書くことになるだろう。

セーヌ河畔を歩く。

ポン・ロワイヤルを渡る。

橋のむこう左岸にはオルセー美術館があるが、それはまたにして、サン・ジェルマン・デ・プレのどこか居心地のよいカフェにでもいくことにする。

橋の下を、膨大な物語を浮かべてセーヌが流れている。セーヌがあるからパリはいい。


アヴィニョン旧市街の北西、城壁の外側に沿って流れているのはローヌ河である。

その日は早朝に降った雨がやんで、いつのまにか雲ひとつない青空がひらけ、新鮮な陽が降り注いだ。

ローヌ河はひろびろとした水面に深い青を映し、緑色を溶かし、河畔の城壁と対岸の緑地のあいだで、華やかな美景を見せる。

城壁に沿って長い石段を下りると、車道のむこうに、無料の小さな渡し舟があり、ゆるゆると対岸へ渡る。市民も旅行者もいるが、賑わうというほどではない。のどかである。

対岸は中州になっているというが、ひろい土地で反対側を流れているはずの河は見えない。地中海へと注ぐ河口は、ここアヴィニョンを過ぎればそう遠くはない。

河沿いには遊歩道があり、中州の繁みとのあいだには芝生の一帯があって、人々は散歩をしたり芝生に腰を下ろしたりして、河の眺めと陽光を愉しんでいる。

城壁側から、アヴィニョンの橋として知られるサン・ベネゼ橋が河のなかほどまで延びているのが見える。石造のアーチ橋で、十七世紀に洪水で半分ほどが流され、そのままになっているのだという。橋のうえには観光客の人だかりがあるが、もとよりこういう名所に興味はない。

それより、芝生に寝そべって河を見ていると、ひとつの感慨が湧《わ》いて出る。

ローヌ河はスイスのアルプスに源流があってレマン湖をつくり、フランスに入るとローヌ・アルプスの山脈に沿って迂回《うかい》し、やがてリヨンに出て、ここで北からのソーヌ河と合流し、大河となり南下する。

もう五十年あまりまえになる。

長髪で一人旅をしていたころ、ドイツのケルンで六万円ほどで手に入れたひどい中古車で、ドイツ、ルクセンブルク、ベルギーから、フランスを南へと走ったことがある。

マルセイユまで下りて西のスペインへと向かった。アヴィニョンへは寄っていない。地中海沿いに走ったのはたしかだが、ただどの街を抜けたのか、ほとんど記憶にない。毎日のようにやっていたマリワナのせいでもあるまい。急ぐ旅ではなかったとはいえ、バルセロナのアントニ・ガウディやピカソばかりに気が急《せ》いていたのか、それとも通り過ぎる沿岸の街に興味がなかったのか。たぶんその両方だろう。

そのころ、フランスがあまり好きではなかった。

フランスに入った途端、通りかかった薬局で男に道を尋ねたらひとことだけ「ここは薬局だ」と汚いものを見る眼つきでいわれ、怒るよりもなぜか惨めな気分が先に立ち、いじけて、フランス人は嫌いだ、と決めた。フランス人が嫌いになればその国も嫌いになる。たわいのないハナシである。

一九七〇年代のことである。

日本を出るまえは新宿に巣くっている生活で、どうにもならない閉塞感《へいそくかん》から、旅に出ることで抜け出すことができた。旅に出て生気は戻った。移動するという以外になんの目的も持たず、気に入った街には好きなだけ滞在し、また新しい街へ向かうという旅は、いつも新鮮で、長髪の旅行者が世界中に散らばっていたから、人との出会いも多かった。旅はいい、と思った。

しかし街を渡っていくだけというような旅は、文字通り無為徒食の日々で、先ゆきのことを考えれば、ホテルやレストランの予約と同様、自身の明日を予約するすべもなかった。もともと自分探しの旅というような動機は冗談にもない。ただ逃げただけといってよい。面倒はできるだけ避け、自分を見ることにさえ怠慢になっていた。もっとも、できるだけ楽なほうへ流れるという、怠惰で気ままな旅にしても傷つく資格はあるらしい。人は大きなハンマーで打たれるよりも針のひと刺しのほうに傷つくことがある。薬局の男のひとことは、旅で連れ添った長髪の男にパスポートを盗まれたときよりもずっと傷は大きかった気がする。あるいは新宿でささくれだっていた神経が、思い出したように炎症を起こしていたのかもしれない。おかげで旅の色合いが変わった。

フランスを南下する道筋は、交差するたびに、西に向いた標識がありそれには必ず「パリへ」とあり、それを眼にしては「いくものか」とつぶやいてアクセルを踏み込んだ。パリは名所が多く、健康で上等な観光旅行者の街で、自分のような旅行者に似つかわしい街とは思えなかったし、それよりもフランスは早く通過したかった。結局このときはパリへはいかずじまい。さしかかる街は急いで通り過ぎていたのだが、そんななかで車を停《と》めたのが、リヨンの、街なかを流れるローヌ河のほとりであった。

河が見たかった。河畔に駐車のスペースがあった。

河に沿ってベンチを並べた公園があり、どのベンチにも老人ばかりが座っていた。老人話を交わすわけではなく、ただ黙りこくって表情もなく河の流れを眺めていた。老人に交じって、ベンチに座った。五月も末だったが風は冷たかった。ローヌ河は曇天の下で老人と同じ土気色をしていた。色彩を失ってしまった土気色の人生が、いま老人たちのまえを滔々《とうとう》と流れていた。自分もまた土気色をしているのかもしれなかった。

ローヌ河が老人に語るのは時間の流れだけである。

リヨンのローヌ河畔にいまもまだベンチはあるだろうか。

河は五十年を経ていまもゆったりと南下し続ける。

ローヌ河は、晴天の下を流れるのがいい。美景をほしいがままにして、明るい陽光のなかにくつろいでいるのがいい。


シャワーを浴び、夕食に出る。

アヴィニョンの宿泊先界隈《かいわい》は日が暮れるといっそう暗く寂しくなるが、少し歩けば街路がひろくなって、右手に、窓から灯《あか》りが洩《も》れるレストラン、ラ・ミランドの建物が見えてくる。

石畳は歩きにくいからスニーカーに替え、スーツを着込む。

近ごろ高級レストランもドレスコードが緩くなりネクタイを強いることもない。それどころかショートパンツにサンダルの客がいたりして驚くこともある。

旅先で、こういうレストランの夕食にスーツで出かけるのは、店への礼儀でもあるが、それよりも食卓と皿への敬意である。Tシャツとスーツとでは料理の味が違ってくる。身だしなみを整えると、舌もまたそれにつれて姿勢を正し、味に鋭敏になる。美食の皿と対峙する準備が整う。

レストラン、ラ・ミランドは、旧市街の中心にある。

中心といっても、旧市街そのものが歩いてまわれるひろさだからどこだって中心のようなものだが、とはいえ、街には教皇庁宮殿という世界遺産が、押しも押されもせぬ街のシンボルとして広場のまえに堂々と聳《そび》え、このレストランはその裏手にひっそりと寄り添うように建っている。

教皇庁とはローマ法王の住居。いまのヴァチカンである。法王のアヴィニョン捕囚という、昔歴史の時間に出てきたやつでここがまさにそれ。南仏の街にどうしてと思うが、アヴィニョンがイタリア・ナポリ王国の領土だったというような、わけのわからない時代で、このころヨーロッパ全土に根付いていたキリスト教にとっては、中世の大事件らしい。

さまざまな紆余《うよ》曲折があり、法王と国王の確執の末、いまプロヴァンスの一大観光都市となった地に、十四世紀、ゴシックの大建築が出現した。以降七十年近くフランス人が代々ローマ法王を継ぐという事態となり、堅固な城壁もこの時代にできあがったという。

名所旧跡に興味のない旅行者に、こんな遺跡のことなど書く資格はないのだが、これじつはレストラン、ラ・ミランドの因縁話。

すなわち、われらがレストランは、もともと十五世紀まで法王の側近、枢機卿《すうききょう》の邸宅だったというのである。地下には往時の厨房《ちゅうぼう》が残っているようで、内部を改装してはいるが建物はそのままに見え、石造の外観は古色蒼然《そうぜん》としている。入り口は小さいが入れば眼を瞠《みは》るほど広大な館《やかた》で、レセプションの先右手にはゆったりとソファが置かれたサロン・ド・テ、これを過ぎるとダイニングになり、左手奥の通路のむこうには、パラソルつきのテーブルを十卓ほど置いたテラスが静かにくつろいでいる。

ダイニングには高級感が横溢《おういつ》しているものの、けばけばしいところはない。

渋い花柄のカーテンはどっしりとし、高い天井からさがる見事なシャンデリアは古風な光を散らし、大きな壁に掛かる年代物のタペストリーは褪せた茶の色合い。暖炉のうえの燭台《しょくだい》から洩れる光は、寄木の床を蔽う絨毯《じゅうたん》にさりげないグラデーションをつくる、というような、品のよい古典的な趣である。

そのなかで、テーブルクロスばかりが鮮やかに白く、幾人ものスタッフが、きびきびと、しかも優美に立ち働いているように見えるのは、白と黒のすっきりした細身の制服が小粋なせいもあるだろう。美男美女も多い。それに食器や皿は無地でスタイリッシュで、カトラリーとともにずいぶんとモダン。出てくる料理もまた、ちょっとびっくりするような、新しい色彩に富んでいた。

アミューズは小さな白い皿が三つほど。

まずは、ブーダンノワール（豚の血のソーセージ）のタルト仕立てに、スモークサーモンをのせ、イクラを散らしてある。

舌におもねって絡み、なお爽やかな感触を、もっとじっくり愉しみたいとちらと思うが、一口で終わってしまうサイズ。

未練を尻眼《しりめ》にすぐに二つ目の皿。ミディアムレアに火を入れた生牡蠣には、卵黄とバターとレモン汁を乳化させたオランデーズソースを掛け、ピリッと辛いチリオイルを一振り、それに鴨《かも》のはかなく淡い薄味のハムをのせ、牡蠣も鴨も、同時にかつ瞬時に口中で溶ける。これも一口サイズ。

最後に、小さなフリットの塊りを一つのせた皿が出てきた。二つ目まではほとんど無言だったサーヴィスの若い女が、皿を置くなり「さあ、なんでしょう」と口をひらく。皿を見て首を傾《かし》げると、彼女は口の端で小さく笑い、

「羊の脳みそですよ」

さらりといいおいて、こちらの顔も見ずに厨房へいってしまった。

フリットの中身を聞いてびっくりする客を愉しんだ様子だが、食べてみればフワトロになった白子というところで、あるかなきかの塩味の奥に微《かす》かなコクがあるだけ、臭みなどまったくない。そろそろ思春期に手が届きそうな少女の、ふっくらした手のひらのよう。その昔、北アフリカの路地にごろりと放《ほう》り出され、まだ湯気を立ててい

るような羊の生首を眺めながら、ブリキのスプーンで掬《すく》って食べた丸ごとの脳みそとは大違いである。

三つの皿はゆっくり味わうまもなく、さっさと出てきてさっさとさげられた。

小さな皿ながらそれぞれにこだわった味つけで仕上げられ、終わってみれば、三つの味は舌の奥で絡まりながら深々と余韻を残している。自分の口もとにふと笑みが浮かぶのがわかる。舌が歓《よろこ》んでいるのか、それとも訓練されたサーヴィスの早業に笑えるのかよくわからないが、気づけば口中も喉も、それに気分もすっかりほどけている。これもまた食事の始まりを演出するアミューズの役割にはちがいないと感心する。


前菜は、これほどせっかちではない。

最初に慎《つつ》ましい素振りで出てきたのは白身魚の刺身。

味は昆布締《こぶじ》めを思わせるが、これはグルタミン酸のせいで、トマトから香りも酸味も甘みもぜんぶ除いて旨味だけをじっくり抽出したトマトウォーターで包んである。これにオリーヴオイル。余計なソースは使わず軽やかなマリネになっていて、皮を剝《む》いた焼きトマトが寄り添っている。無垢《むく》な少女がついさっき男を知ったばかりで、まだ紅潮が覚めやらぬといった皿。

次は豚のラグー（煮込み肉）。

こちらは少年だが、草食系ではない。年上の女を食って手練手管もそこそこ覚え、けっこうしたたか。煮たことで豚には豚の底力があると意気軒昂《けんこう》、これがふんわり蒸して細かく切ったムール貝とのコラボに成功し、その煮出し汁にまみれて玄妙な味わいである。しかもスライスした生のマッシュルームを被っていて、それぞれ違う触感のコントラストが愉しい。

ここで前菜の食卓は趣向を変え、海中の美味を引き寄せる。

ラングスティーヌ（手長エビ）とオマールエビのデュエットで、前者は軽めの火入れで後者はしっかり。どちらもぷりぷりしている。フランスのエビ類はときどき大味なことがあるが、この店の、エビの強い香りが口中に立ち籠《こ》めるような旨味を知ると、火入れの技術の違いかもしれないと思う。

この共演を引き立てるのは、泡のソース、エスプーマ。

ここ二十年あまり世界中のレストランで猛威をふるったヌーヴェルなソースで、オマエもかと思うが、さすがにここのエスプーマは幾種類もの香味野菜と甲殻類、それにもちろんワインを加えて上々のでき。かなりエロティックな味わいで、厨房の凄《すご》みのようなものが伝わってくるが、それはまた熟練した厨房の遊び心なのかもしれない。その証《あかし》に、エビの脇《わき》にほんの少量だが、魚介と、サフランとオリーヴですこぶる真摯《しんし》に味を調《ととの》えたパエリアが添えてある。それに加えて、豚の脂の塩漬けとキムチのペースト添え。これがいい。

ビストロならば、これをメインにするかもしれないが、存分に手をかけながら、しれっと軽く前菜にするのがニクイ。ワインを白から赤に替える。


メインに一歩近づくのが、羊のラグーである。

ふいに、プロヴァンスに中東の風が吹く。羊にはつきものといってよいが、ローズマリーを効かせたチリペーストなどの香辛料をふんだんに使って煮込んである。それだけでは驚かないが、なんとその隣に、表面だけ焼いたタタキ風のマグロが組み合わせてある。それに、火を通したナマコのスライス。

脇には摺《す》りおろした濃い緑色のキュウリ。水っぽさはなくこんもり固まっている。そのまた脇にはチリペーストも添えてある。

パンを小さくちぎってトマトベースのソースを掬う。微かな酸味の奥にあるコクは、たぶん野菜の出汁《だし》にバターかクリームを合わせてあるせいだろう。見かけより厚ぼったいソースは口中に心地よく沁《し》みわたる。その感触が消えるまえに、まずは羊から。

思ったとおり猥褻《わいせつ》である。

どんな皿によらず、中東風の美味は猥褻で、それは香辛料のしわざ。日本料理にこういう風味はない。マグロにしてもカツオにしても、ねっとりした赤身なら猥褻でないとはいえないが、とくに味つけがなければ無邪気なもの。彼《か》の地の味覚との違いはそこにあるが、といってむろん良《よ》し悪《あ》しの問題ではなく、純粋な日本料理にだって相当に猥褻な皿もある。ただその質が違う。

夏の西日のような香辛料の鋭い照りにまみれた羊の、アラビアンな誘いをトマトのソースが撓《しな》る腰で味方する。次にマグロ。見たところタタキだが、赤身のねっとり感はずっと激しい。調理したそれはまったくべつもの。使ってあるハーブと香辛料がなんなのかわからないが、味の濃さは羊にたじろぐこともなく、なんだかひどく豊饒《ほうじょう》で、やはり猥褻に仕上がっている。

キュウリとチリペーストに眼がいき、これらをナイフの先にのせ、羊にもマグロにもたっぷりつけて、口に入れると、コクのある青い臭みと、甘みを奥に孕《はら》んだ辛みが見事に両者を繋《つな》いで一体となった。仕掛けはこれだったか、とようやく腑《ふ》に落ちる。明快にアジアンな味覚がひろがり、柔らかく蒸したナマコが邪魔をすることもない。猥褻な気配は混沌《こんとん》として高みに昇りつめる。

もう少女でも少年でもない。女でも男でもなく、これはもう倒錯といってもよさそうな、悦楽の極みであろうか。

じつはイクラが出たり刺身が出たりしたあとで登場したこの皿を眼にしながら、微かな猜疑《さいぎ》心《しん》が脳裏に膨らんでいた。

羊とマグロを合わせるとはどうしたことか、もしやこのレストランは和食にカブれたイマドキのヌーヴェル・キュイジーヌか。とすれば、こういう類《たぐい》の料理には少しばかり偏見がある。偏見は和食の、ひとしきり流行《はや》った「創作料理」というやつに植えつけられた。ステーキにウニ、刺身にトリュフ、アワビにフォアグラ、というような得体のしれない組み合わせの皿が厚顔無恥に跋扈《ばっこ》し、皿を見るなり舌がわななく事態。こういう料理をいったいどうやって味わえばいいのか、と真面目《まじめ》に思案した後遺症が、ここアヴィニョンの食卓で蘇《よみがえ》ってきたのである。

だがそんな邪推を、厨房の辣腕《らつわん》はしかと捻《ね》じ伏せてくれた。

晴ればれとした舌のまえに現われたメインは、パン窯焼きのハト。

サーヴィスの男が、両手に捧《ささ》げるようにして運んできたトレーにのっているのは、内臓や足は別に調理して、ローフ（練ったパン生地）で丸ごとハトを包み、蒸し焼きにしたもので、テーブルの脇に置いた台にのせ、なにごとかと見ていると、蓋《ふた》状になった上半分をさっとひらく。同時に、湯気と蒸されたハトの香気とハーブや香辛料の匂《にお》いが勢いよく立ち昇る。大輪の花のように艶やかでふっくらと甘い匂い。客の眼と鼻孔だけにお披露目《ひろめ》するパフォーマンスで、ハトはトレーにのったまま厨房へと引き返していく。グラスワインをおかわりする。

やがてハトはローフを剝ぎ取られ、赤味がかった褐色の艶やかな全裸となって切り分けられ、白い磁器のベッドに横たわり供される。肢体の脇には、べつにローストされた二本の足とともに、塩漬けした卵黄とサーディンのマリネが添えられ、それに風変わりな羽根つき餃子《ギョーザ》がお供をしている。「中身は内臓です」とサーヴィスの男がにこやかなまま意味深にささやく。

皿に顔を近づけ、もう一度鼻孔をひらく。花の匂いがまだ強く漂っている。ほんとうはまず胸の膨らみから始めるのが常道なのだろうが、連れ添う内臓に気が急く。淡いグリーンの餃子を二つに切る。皮も内臓も温かい。内臓の甘い匂いが立つ。口に入れると、舌はすぐさま皮より内臓の味を探り出す。思わず、旨い、と声が洩れそうになる。艶麗《えんれい》とでもいうほかない、鳥のモツ特有の、というよりはやはりハト特有の、濃くて深くて粘る味が舌を金縛りにする。ゆっくりと舌から喉へと味わい、名残惜しみつつ呑み下す。頑《かたく》なだった赤ワインが、ハトの刺激で心をひらき丸く柔らかく舌を包むのを愉しみながら、内臓を残らず終え、やおら胸にとりかかる。ソースはナスのペーストとハトのジュ（焼き汁）。これをのせて噛《か》めば、柔らかくてジューシーな胸は口中をぐいと押しひろげるような濃密な味。おそらくは蒸すまえに、取り出した内臓の代わりにハーブや香辛料を詰めたにちがいない、その香りが舌の感覚を増幅する。

足は指先で摘《つ》まみ、齧《かじ》る。むやみと香ばしい。

グラスに残っていたワインで、修道院でつくられたというチーズ、シャウルスとブリア＝サヴァランご用達というエポワスを愉しむ。

デザートはマリーゴールドのソルベに続いてパンプディングと小さなドーナツ。こういうグランメゾンのデザートは美味ときまっているが、このレストランのそれは、田舎風に見せて洗練された味わい。ドーナツも、添えられた濃いピンクのアイシング（甘いペースト）が華やかで甘みの品がよい。

飲み物はどうするかと訊かれ、ハーブティー、それもあまり強い風味ではなくさっぱりしたものを、と頼むと、

「じゃあ、セージが二種類あるのですが、甘いほうにシナモンを組み合わせましょう」

生のハーブが入った花瓶をもってきて、その場で鋏《はさみ》でカットしてくれる。

「よかったらお茶に入れてどうぞ」

と置いていった蜂蜜《はちみつ》が、また上質であった。

このレストランにまつわる話をもう一つ。

ジャン＝リュック・ゴダールやフランソワ・トリュフォーなどとともに、ヌーヴェ

ル・ヴァーグの映画監督だったジャック・リヴェットに、十八世紀の作家ドゥニ・ディドロの小説を映画化した『修道女』という作品がある。主役はゴダールの妻だったアンナ・カリーナで、両親の勝手で無理やり修道女にされ、修道院にはびこる偽善と腐敗と迫害のために、自殺に追い込まれるという悲惨な物語。ほぼ全編石造の修道院のシーンだが、ロケーションにはこのレストランの建物も使われたらしい。

どこでどう撮影されたのかわからないが、広大な建物で、往時のままの部分も多いとなれば、たしかにまったく自由のない牢獄《ろうごく》のような、中世の陰鬱《いんうつ》な修道院を描くには恰好の場所もどこかにありそうである。

しかしいま厨房とダイニングとなった空間には、フレンチの因習や制約をものともせず、新しく大胆な発想の調理と皿が飛び交い、自由を謳歌《おうか》する気風があって、中世の修道院とはまことに対照的ということになる。

アヴィニョンの四日目、午前十一時のチェックアウト時間きっかりに、ホテルのオーナー、ステファンが部屋をノックした。

ステファンのSUVは、旧市街を出て、相変わらず明るい陽のなかを、彼が予約しておいてくれたレンタカーのオフィスへ走る。

「ラ・ミランドのチーズケーキは召し上がりましたか」

世界一のチーズケーキだとステファンはいっていた。

「夕食の次の日にね。テラスで食べました」

「どうでした」

「あれはチーズだけでできているね。でもケーキです。驚きました」

「そうでしょう」

ステファンは嬉《うれ》しそうに笑った。

ピスタチオのクロワッサンとゴッホ

サン・レミ・ド・プロヴァンス

快晴のなか、パリで褪《あ》せかけていた緑も南仏では健在で、まだ夏のものと思われるが、空の青みが深いのは、少し秋めいているせいかもしれない。

丸く緩やかに盛り上がって連なる丘に沿って、よく整備されたアスファルト舗装の田舎道が、ゆったりカーブしたり上下したりしながらのどかに走っている。ときおり平野に下りて長い直線の並木道になる。高く伸びたプラタナスの梢《こずえ》が優しい素振りを見せる。また丘が見えてくる。どこまでも澄明な光がいきわたっている。いきかう車は少ない。

アヴィニョンから、移動はレンタカーである。

南仏の街をまわるとなると日に何本かという路線バスはあるようだが、それほど気長な旅ではない。昔は徒歩の旅がいちばん、などといっていたが、結局ヒッチハイクやバスを乗り継いでは街を辿《たど》るばかりで、実際にはそうそう歩けるものではない。旅情となると鉄道もいいが、小さな街を経《へ》めぐるには車が便利である。なによりもドライブは嫌いではない。

アヴィニョンから西へ四十キロ、ユゼスという街へいった。

街外れに車を置いて歩く。

この街のことは、旅程を決めるときに女性誌で知った。この手の旅行ページをそのまま信じるわけではないが、「中心部はよく保存され、十六世紀や十八世紀のファサードがあり、中世の狭い石畳の通りがある。アーケードに囲まれた広場には、大きな噴水やおしゃれなカフェやブティックがある」などと読めば、ちょっと寄ってみたくもなる。

オフシーズンとはいえ、ユゼスの街はあまりに閑散としていた。そのせいか街ごと荒れた印象で、広場というのも、美しいとはいいがたい。たしかに広場の隅にカフェがあるが、おしゃれにはほど遠い。「どこを歩いてもためいきがでるほど美しい街並み」とあるのは、なにかの間違いかと思うほかない。

「中世のハチミツ色の街並みをそのままに残している」ともある。プロヴァンスのほかの街の紹介を読んでも「中世のハチミツ色の街」の連発だが、正直ただの灰色にしか見えない。もっとも読むほうだって「中世」がよくわかっているわけではないとすれば、女性誌がプロヴァンスの街をことごとくハチミツ色に塗り潰《つぶ》したところで文句がいえる筋合いではない。

中世とは、一般的にローマ帝国が滅亡した五世紀から十五世紀まで、十世紀以上に及ぶ期間をいうらしいから、石造の古い街ならたいていはどこだって「中世」にかたちをなした集落だろう。

ヨーロッパの中世はやっかいである。期間も長いが国もエリアも混沌《こんとん》としている。イギリス、ドイツ、ハンガリーからあげくはハプスブルクなどなど、ヨーロッパ全域が組んずほぐれつというカオスだから始末に負えない。幾多の領土争いとともに、宗教戦争があり天災がありペストなど疫病の猛威もある。暗い部分が強調されて暗黒の時代などとも呼ぶが、近世を迎えてから五、六世紀も経《た》てば、石造の建築物だけが残り、幾度も修復を重ね、古い街並みと称してそれを売りものに観光地にしているのは、いうまでもなくプロヴァンスだけではない。

ドイツを流れるライン河の河畔などにも同じような古い街が並び、これらも「中世の街」である。寄ってみるとどこも同じようなこぎれいな街ばかりで、花が咲き乱れており、なるほど街を歩いてみれば、中世の遺物と思われるような邸宅があったり、裏手の山頂に古い城があったりして、街が中世を経験した証《あかし》はあるものの、全体としては旅行者用に飾り立てられた「中世の街」。

ただこういう街でもめくじらをたてるほどのことはない。たいてい路地裏では地元の人々の酒場が活況を呈し、旨《うま》い地ビールがあり、観光客たちから稼いだ彼らの酒代は、ここで賑《にぎ》やかな泡となっているにちがいないのだ。

ユゼスは早々に退散し、アヴィニョンの南にあるサン・レミ・ド・プロヴァンスへ直行する。直行とは、途中のローヌ河に沿って南下すればアルルがあるのだが、ここには寄らないということである。周知のとおり、アルルもサン・レミもゴッホにゆかりの重要な街である。モネやルノワールや、セザンヌをも超えて衝撃を受けた画家の街であるが、しかし衝撃が激しかったゆえにスルーすることにした。

ゴッホがアルルで生活を始めたのは一八八八年二月、三十四歳のときである。その年の十月からゴーギャンと同居し、十二月には有名な「耳切り事件」を起こす。

余談だが、これには興味深い説がある。ゴッホはこのとき、自分は闘牛士だと錯覚したのだという。闘牛士なので、ゴーギャンとの絵の争いか言葉の争いかに勝ち誇るあまり、牛の代わりに彼の耳を切り落とそうとするが果たせず、自分の耳を切り落としてしまったのではないか、と。なるほどと思うが、ゴッホ自身なんの記憶もないというから真相はわからない。このときに癲癇《てんかん》の発作が始まったという。

ゴッホは病院に収容され、ゴーギャンは去っていく。

ゴッホは一人入退院を繰り返しながら精力的に描き続ける。翌年五月にアルルの病院からサン・レミの精神病院に転院。サン・レミでは一年ほど過ごし、パリへ戻るもののすぐに北のオーヴェールに移り、その年、三十七歳の夏に拳銃《けんじゅう》で自殺する。

ゴッホが画家を志してから十年、『ひまわり』や『糸杉』など誰《だれ》もがゴッホの作品とわかるような色と筆致で描いたのは、アルルにきて以降のたった三年間のこと。若すぎる死というより、画家として短かすぎる生涯である。

アルルの日々は一年半に満たなかったが、画家としても人としても、あたかも自らの死を無理やり引き寄せるように、生き急ぎ死に急ぐ、あまりに凝縮した時間であった。激しい癲癇の発作に苦しみつつ、絶えず死の予感に脅《おび》えながら、ゴッホは凄《すさ》まじい熱量で描き続けた。発作の黒々とした悲惨と、輝くような黄色をキャンバスに塗り込む金色の高揚とが交錯しながら、天才画家としての人生は一気に煮え滾《たぎ》る。

しかし、彼がゴーギャンと住んだ『黄色い家』は第二次大戦で焼失、有名な『アルルの跳ね橋』や『夜のカフェテラス』はゴッホが有名になってから復元されたのであるらしい。跳ね橋は場所が変わっているし、彼がアルルにきてから「信仰」ともいえる色となった黄色に塗られたカフェには、観光客が群れているという。自然は芸術を模倣するといったのはオスカー・ワイルドだが、アルルでは商売人と観光客が芸術を模倣しているらしい。『ローヌ川の星月夜』もアルルで、ローヌ河はいまも流れているから夜に河畔にいけば街の灯《あか》りくらいは見えるだろうが、そこでゴッホが描いたあの星々を想像してみることに意味があるとも思えない。ゴーギャンの絵がタヒチに一枚もないように、ゴッホの絵は、絵葉書以外アルルにはない。

かつてゴッホがそこに居て、それこそ彼が生と死を懸《か》けた時間が実在し、張り詰めていつでもぷつりと切れそうな緊張の日々だったことを思えば、アルルという街のそのゆかりの場所などでは、畏敬《いけい》の念などというにもぬるすぎるような、濃紺の真昼の空や星々のまたたく夜空から無数のナイフが降り注いでくるような、ただならぬ空気に晒《さら》されそうな気がする。

そのことと、いま街がゴッホめあての観光地となっていることは、まるで次元が違うハナシで、女性誌が「中世の街」と呼んで観光地に仕立てるのとあまり変わらない。それをガマンがならないとまではいわないにしても、ちょっとだけめくじらをたてたくなった。

ユゼスから車を出してすぐ、プロヴァンスの一大名所という古代ローマの水道橋ポン・デュ・ガールにさしかかる。皇帝アウグストゥスの時代に水を流した巨大な人工の橋だが、それよりもその下を流れるガルドン河の自然の風光に惹《ひ》かれ、美景に見入る。それはローヌ河の支流で、アルルは、車なら五十分ほどの距離。

しかしいく旅もあればいかぬ旅もある。結婚と旅はコントロールしようとしてはいけない、とジョン・スタインベックはいったらしいが、アルルへは寄らずサン・レミへ直行するドライブはさしてためらうこともなくコントロールした。

サン・レミには、アヴィニョンのような城壁はなく、一周する並木道の内側が旧市街であるらしい。小さな街である。

予約したホテルはその中心にあるはずで、場所の見当をつけてはみたものの、市街の狭い道路に駐車するスペースはなく、といって外周する道路脇《わき》には小さな車がびっしりで三周ほどして途方にくれた。空き地に車を置いて、旧市街を歩く。

アイフォンに住所を入れて辿り着いたが、そこはギャラリーで、ホテルの看板は見当たらない。住所を間違えたかと思ったがなかに入って尋ねると、店の二階に部屋があった。

公共駐車場に車を移したり、狭くて急な階段を使って重いスーツケースを部屋に運んだりして時間を食っているうちに午後も遅くなり、郊外にあるという、ゴッホが入院していたサン・ポール・ド・モーゾール修道院病院へは翌日にいくことにする。サン・レミにきたのはその病院くらいがおめあてで、そう決めるともうこの街ではとくにすることがない。

階下へ下りると、客はなく、ギャラリー兼ホテルのオーナーをしている長身瘦軀《そうく》の中年の男が、手持ちぶさたの様子でふらりと立っていた。眼《め》が合うと柔らかい笑顔をつくった。微笑、というのはこういう笑顔のことか、という類《たぐい》の細やかな表情で、

「今日はどこからこられましたか」

ゆったりした口調さえも微笑のようである。

「アヴィニョンからユゼスにちょっと」

ユゼスの悪口をいうと、微笑のまま肩をすくめ、

「ポン・デュ・ガールはいかがでした」

「ぼくの頭はああいう観光名所には鈍感にできているんです」

男はなにもいわず、微笑も崩さない。眼尻《めじり》の小皺《こじわ》から、独特の色気のようなものがこぼれ出ている。

彼の身のこなしから、ゴッホとゴーギャンのことを考えていたせいか、頭の端でタヒチのレストランを思い出す。南の島によくある傾向で、レストランのサーヴィス・スタッフには若いゲイが多い。彼らが重宝がられるのは、人あたりが優しくて気配りが細かく、しかも金を貯《た》めるためによく働くからだという。

こういうタイプの男たちとは、若いころぶらついていた新宿で親しかった。新宿も区役所通りや二丁目のあたりで、ゲイバーが多く、つきあいはほとんど日常的で、彼

らも裕福とはいえなかったが日銭が入っていたからよく世話になった。

ほんとうに食えないときに出会った味は忘れがたい。あの時代に喫茶店で食べたナポリタンの味は舌に残ったままである。

「おいしいパン屋はありませんか」

小腹が空《す》いている。

「すぐそこにありますが、少しむこうのべつの一軒がいいですね」

店のまえの路地に出て、微笑がちょっと遠くを向いた。

小さなメインストリートが商店街で、トリュフの専門店などこぎれいな店が並び、街の空気がすっきりしている。

教えられた店のショーケースを眺め、三つほど買い、路地を歩きながらかぶりつく。薄い緑色をした「ピスタチオのクロワッサン」が、旨い。クロワッサン・オ・ザマンドといってアーモンドを練り込んだのが一般的だが、そのピスタチオ・ヴァージョンである。クロワッサンといってもバターよりもペーストを使うから空気を含まず、サクサクした食感はない。形状も違い、まったくべつもの。まずもちもちしたパン生地がすこぶるいい。シロップに浸して焼くから甘いのだが、その甘みがことのほか上品で好ましい。その奥で、練り込まれたピスタチオ・ペーストの香ばしい風味が、鼻に抜けるようにゆらゆらと蠢《うごめ》き、唐突に、うっとりと陶酔してしまう。菓子パンごとき、に舌がのけぞっている。思わず立ち止まり、眼をとじて何度も味を確かめ、空を見上げ、商店街の街並みを見まわす。

近ごろ日本でもピスタチオを使うのが流行《はや》りらしく、パンの種類もいろいろだが、レベルが相当に違う。

またやられた、と思う。フランスで焼き菓子やチョコレートを食べるたびに、どうしてこう日本と違うのか、とつい感じ入る。気のせいか、それとも舌が反応しすぎるのかとも思ってみるが、カフェでコーヒーにきまってついてくる安物のチョコレートでさえ、違うと感じるのだ。

料理人が、だいいちはまず食材なのだというように、甘味の類もまた、バターや牛乳やクリームなどが違うのではあるまいか。あるいは風土とか伝統とか、骨太の背景がすでに違うのかもわからない。

二つ目のカスタードのパンも、どうして、と不思議なほど旨いが、まずカスタードが違う。三つ目はプロヴァンスの素朴なパンでフーガスというらしい。小麦粉、塩、イースト、オリーヴオイルを材料にしたパン生地に、チョリソー（ソーセージ）が折り畳むようにくるんである。チョリソーはやや硬め、パン生地も硬めだがもっちりし、たがいの気位の高さを競い合い、そのバランスがじつによい。

サン・レミ商店街の角のパン屋はただものではない、というプロヴァンスの片隅のささやかな都市伝説と記憶しておく。

この街では夕食の予約をしていない。街歩きのついでに適当な店をみつけ軽く済ませるつもりである。こういう日もある。それにしてもパン三つは食べすぎ。とっぷり日が暮れてからようやく空腹を覚え、旧市街へさまよい出る。

静かな印象の街だが、商店街の外れでひらいていた三軒のレストランはどこも超満員である。その一軒でテーブルが一つみつかった。

いきなりすごい喧噪《けんそう》に取り込まれる。それほどひろくない店内に客は三十人ほど。肘《ひじ》と肘がぶつかるような混み具合で、そのあいだをTシャツ姿の若いサーヴィスの男が忙しそうにしている。まるで居酒屋、飲んだり食べたり喋《しゃべ》ったりの大騒ぎである。

しかし皿のほうは、行儀の悪い客席を諌《いさ》めるようにいたって沈着冷静、明晰《めいせき》かつ情熱的な料理人がいるらしく、ビストロとはいえ厨房《ちゅうぼう》の偏差値は相当に高い。

前菜。

焦げめのついたカリフラワーと蒸した剝《む》き身のムール貝。畑と海の味覚が細かく切り刻まれて、温めた皿でせめぎ合っている。ソースがすこぶるいいのだが、色のコーディネートがちょっと粋で、カリフラワーのソースは純白、ムール貝のほうは鮮やかな黄色。それに加えて、こんがり茶色に焼かれたクルトン（賽《さい》の目に切ったカリカリのパン）が散り、さらに細かいグリーンの葉が散っている。その全体を蔽《おお》って、微《かす》かに、しかしふくよかに、上質らしいバターが香っている。色とともに触感もいい。カリフラワーはクルトンよりも硬くフライパンで香ばしく焼かれて、嚙《か》めば心地よく、一方ムール貝はふわりと溶けそうに柔らかいが、プリッとした歯応《はごた》えは残り、近所の可愛《かわい》い女の子のよう、思わず抱きしめたくなる、とでもいえばいいか。

見た眼がきれいな皿だから、味は端麗かと思わせるがそれは見せかけだけで、カリフラワーもムール貝もすこぶる濃醇《のうじゅん》に仕立ててある。小房にしては味の間口がひろく、入ってみれば十分な奥行があり、奥の奥にコクが控え、舌と上顎《うわあご》を軽々と押しひろげる。前菜というのに短編ではなく中編の重み。大袈裟《おおげさ》にいえば厨房の志と情熱を食しているようで、口に運ぶよりも舌から迫りたくなるほど、つい食べ手を夢中にさせる。ビストロの皿ではない。いや、ビストロゆえの心意気かもしれない。

ムール貝は、パリ以来、何度かメニューで見かけている。

フランスでは秋から冬にかけてシーズンになるというから、そろそろだが、いうまでもなくムール貝となれば、大きな黒鍋《くろなべ》いっぱいの殻つきのワイン蒸し、である。今回の旅の愉《たの》しみの一つだが、まだ出会っていない。じつはこの貝はシーズンがむつかしい。通年あるというが、以前南イタリアで毎日のように食べたのは六月で、同じ時期にパリで探したがどこにもなく、秋においで、といわれた。フランス北部産がいいといわれるが、ベルギーでめっぽう旨かった記憶がある。通りかかったサーヴィスの男に、

「殻つきのワイン蒸しムール貝はありませんか」

黒鍋の大きさを両手で示して訊《き》いてみる。

男はしかし「ちょっと待って」といい、忙しそうに客たちを見まわしていってしまった。皿にとりつく。刻まれたムール貝は、殻つきを期待させながら、味蕾《みらい》を刺激している。

白ワインで舌を洗いつつ、カリフラワーもムール貝も細かいグリーンの葉もクルトンもソースもすっかり平らげると、騒然とした店内で、ひとり口中だけが静かに熱くなっている。

サーヴィスの男は戻ってこず、忘れられたか、と思っていると、代わりにシェフらしい白いコック服の太った男が、細い眼のヌーボーとした顔で現われた。自分でメインの皿を手にしている。前菜の皿と取り替えてテーブルに置き、「なんでしょう」と屈《かが》み込む。サーヴィスの男にいわれて出てきたのだろう。

「ずいぶんハートフルな料理ですね」

と正直にいい、顔がほころぶのへ、サーヴィスの男にしたのと同じ質問をする。

「ワイン蒸しはあと一週間ほどですね。ウチでもやります。ただ最近はベルギー産が高すぎて使えないので、どこもスペイン産です。スペイン産でもモノによっては悪くありませんが」

ひと息に喋り、次の皿を指すと「ソードフィッシュ（メカジキ）です」とひとこと、丸い背中が満員の客を分けて消えた。気づくとさっきのサーヴィスの男がこっちを見ている。親指を立ててみせると笑顔になってうなずいた。

皿の魚は、見ただけで火の入れ方がうまいとわかる。厚切りにした一切れは、白と赤のグラデーションが鮮やかで、噛むと、香ばしい皮とねっとりした赤身が、ほのぼのと色っぽく合体した。脇にはポロネギのソテーと、柚子《ゆず》とブロッコリーのピューレ。ピューレにはそれぞれ柚子の乾燥パウダーとブロッコリーのスプラウト。ソースはポロネギのクリームソースで、ハムかベーコンのような風合いがひそむ出汁《だし》とポロネギをミキサーで合わせ、濾《こ》したものに牛乳か生クリームを混ぜて一煮立ちさせた、という感じ。それだけではあるまいが、香辛料よりハーブが効いて全体に優しい仕立てになっている。念には念を入れて愛情を注ぎこんでいるという気配で、前菜をずっと凌《しの》ぐできばえである。パンでソースを拭《ぬぐ》い食べ終われば、やはり静かに熱い。

店を出る。

街は、三軒のレストランの灯りだけを残し、闇《やみ》に包まれている。

空気が少し涼しい。黒々と沈んだ石畳をホテルへ向かう。初めての街である。こういう瞬間に旅の気分が凝縮する。振り返ると、出てきたレストランの灯りが入ったときよりもずっと温かく感じられ、若いころの旅だったら感傷を刺激されていたかもわからない。

ここは美食の街か、と思い、いやそれよりこの街では美味にツイているのだと思い直したが、その思いは翌朝の朝食で証明されることとなった。

ホテルはB&Bなので、軽いコンチネンタルの朝食がついている。

四つほどテーブルを並べた小さな部屋へいくと、オーナーが爽《さわ》やかな顔で現われ、皿をのせたトレーをテーブルに置く。

「カフェでいいですか」

コーヒーを注いでから、近くのテーブルに座り微笑を浮かべる。

眼のまえには二十センチほどに切ったバゲットとバターとジャム。それに二センチ幅ほどの長く切り分けた白いチーズ。

「シェーブルです」

「おいしそうですね」

「おいしいです」

バゲットを齧《かじ》る。しばらく噛んでから、舌がおやと立ちどまる。舌に旨味が溶け出している。噛むほどにあふれ出すという具合で、それが香ばしさも引き出す。頭の隅ではとっくに昨日のパン屋を思い出している。バゲットにしては生地にもちもち感があって、それが昨日食べたパンの延長線上にある。チーズを少し切ってバゲットに塗り、頬張《ほおば》ると、シェーブルらしく爽やかに、しかもしっかりと濃厚に熟成していて、双方がじつによく調和し、驚くほど味が倍加する。

「これは昨日のパン屋の」

「そうです」

「おいしいですね。チーズも」

「わたし自身の朝食と同じです」

「美食家なんですね」

「いえいえ」

オーナーの手がちょっと浮いて、長い指がひらひらした。それが妙に艶《なま》めかしく、内心ちょっとドキッとする。コーヒーも旨い。

ゴッホの修道院病院は、街から一・五キロほど郊外の緑が多い自然のなかにあった。建物はひろい庭に囲まれ、端正な中庭には回廊がめぐらされ印象的である。二階に、ゴッホが住んだ部屋が復元されている。

小さな部屋には、壁際に粗末なベッド、絵ののった画架、テーブルと椅子《いす》が置いてある。しかし、そこで感じたものはなにもない。ただ、眺めただけである。

いくつかの家具は、置いてあるだけで、手触りや生活の温《ぬく》もりのようなものを感じてみたいのだが、ひそめている息の気配さえも想像できず、それらしく復元した部屋が、芝居の舞台装置ほどの愛嬌《あいきょう》もなく、冷えびえと静まりかえっている。

ただ一つ、鉄格子の入った小さな窓のむこうに、庭の緑と明るい陽《ひ》があり、そればかりが生きているように思われる。その光こそゴッホが渇望したものにちがいない。

この病院に移ってからも、アルルで始まった癲癇の発作は繰り返され、一年間で四度も倒れている。一週間で回復することもあったが、長いときには二か月を要した。部屋にいるあいだは模写をしたり、静物画や肖像画に没頭し、庭へ出ると周辺の自然を描き続けた。それもときには三日間で二作品を仕上げるという速さである。もっとも、ゴッホの筆致は早描きの勢いによって生まれたものらしく、アルルでゴーギャンと競作した折も、一か月間でゴーギャンが十二点だったのにたいして、ゴッホは二十一点描いたという。凄まじい速さで、「耳切り事件」はこの直後、その激しい高揚のさなかで起こっている。

サン・レミの病室では、窓から眺めた庭の風景や『糸杉』『星月夜』も描かれた。

ゴッホは麦畑を多く描いているが、頭《こうべ》を垂れて黄色に塗られた麦の穂は、いまや刈られて死ぬ運命でもある。ヴィンセント・ミネリ監督の映画『炎の人ゴッホ』のなかで、「死は明るいのだ」とゴッホはいう。死は純金の光に満ちた太陽と同じだと。病院の部屋は死んだように暗く、それを明るい陽の光が包んでいるが、その光にこそ死がひそんでいるのだともいう。

そのことをゴッホに思いしらせるような、あまりに皮肉な事態がサン・レミの病室で起きる。すなわち、ゴッホの癲癇にとって、まさしく彼がプロヴァンスに求めた明るい太陽の光はよくないのではないかという憶測である。ゴッホ自身それを感知したのだといわれ、彼は、サン・レミをひき払いパリの北へと移る決心をする。しかし、その村で待っていたのは、彼自身北へ向かうときすでに計っていたような、二か月後の自殺である。

自殺の直前にゴッホは、名作『不穏な空の下のはてしない麦畑』を描きあげる。陰鬱な青黒い空の下、黄色の麦畑は眩《まばゆ》いほどで、そのなかに無数の黒いカラスが湧《わ》き出し、舞い上がっている。

自殺を決めたゴッホにとって、刈られる麦畑はまさしく自身である。麦畑は、切羽詰まって、このうえもなく明るい輝きを放っている。

小林秀雄《こばやしひでお》は「この絵が、既に自殺行為そのもの」と明察する。小林は原画を観《み》るまえに複製を観て衝撃を受け、その後実物に会ってさらに衝撃を受ける。これを受けとめきれず、複製のほうがよいといいたいほど、この色の生《な》まなましさは「堪え難」く、「これは、もう絵ではない」というほかない。怜悧《れいり》な評論家を辟易《へきえき》させ戸惑わせるほどの黄色とその筆致は、ゴッホの激しさそのもので、生まなましければ生まなましいほど、死の色は濃く、絶望が深まるということだろう。あるいは、深まるのは、死という飢《かつ》えるような希望だったか。

黒澤明《くろさわあきら》監督の『夢』というオムニバス映画にもこの絵が登場する。映像にこだわり抜いた渾身《こんしん》の作品で、観客によっては退屈極まりないと感じるむきもあろうが、青年がゴッホの数々の絵のなかに入り込んで無邪気に歩きまわるシーンは、恐ろしいほどに生まなましい色の再現に誰もが息を呑《の》むにちがいない。色そのものが凄まじいエネルギーを噴き出しているようである。八十歳の監督がそれに堂々と向き合ったかのように見え、麦畑は金色に輝いている。ゴッホらしい男が、自殺を暗示してその「麦畑」を越え、陰鬱な空へと消えていく。

修道院病院の庭に下りてみる。

ここでゴッホはよく画架を立てたという。

この季節ゴッホが描いた花は見られないが、きれいに整えられた菜園がひろがっている。

振り返ると、修道院病院の建物はプロヴァンスの昼の陽光に包まれ、灰色の重厚なそれは、遠い日の激しい戦闘の跡のように見える。

サン・レミから、ゴルドの街へ向かう。

リュベロンという、プロヴァンスでも最も美しいといわれる地方にある。

ゴッホの修道院病院の東、部屋の窓から遠くかすかに見えるリュベロン山脈の麓《ふもと》にある。

草を食《は》んだ羊と丘のうえのホテル

ゴルド

午後早くゴルドに着く。

低い灌木《かんぼく》の繁《しげ》る山道を抜け、オリーヴ畑やブドウ畑の平野を走り、サン・レミから約四十キロ。

気づくと視界が開け、センターラインが消え、道が細くなる。カーブしつつ、一面穏やかな緑のなか、坂を駆け上がる。

その先、青い空へ、くっきりと聳《そび》える丘のうえに陽《ひ》を浴びたゴルドの街がある。丘の斜面を家々がびっしり埋《うず》めている。白壁とオレンジ色の屋根。頂上付近に城か教会の尖塔《せんとう》が見える。遠眼《とおめ》にもこれこそ鷲《わし》の巣《す》村とわかる。外からの侵入に備えて丘や崖《がけ》の頂上に築かれた集落。プロヴァンスで最も美しい街だと幾度も聞いた。いよいよかという心持ちになる。丘のうえにのった街が近づいてくる。このアプローチがじつにいい。

V字カーブを三つほど折れて急な斜面を上り、上りきるすぐ手前にホテル、ラ・バスティードがある。

宮殿の広間を思わせるような華やぎのある瀟洒《しょうしゃ》なロビーの奥がレセプションになっている。

カウンター越しに、

「コンシェルジュにご注文いただいたメールを拝読しております」

若い女が屈託のない笑顔を見せる。「いちばん静かでいちばん眺めのいいお部屋をご希望で。おっしゃるとおりにご用意いたしました。素敵ですよ」

入ると、鷲の巣村のてっぺんから見下ろす眺めはたしかに素晴らしい。

すぐそこが草木の繁る深い峡谷になり、対岸となる正面には丘が伸び上がって低い壁をなし、丘のうえには小さな村、そのむこうには平野がひろがり、地平線には山並みが霞《かす》んでいる。よく見ると村の下方に、繁みを縫《ぬ》って丘へ上る山道があり、車が動いている。一帯に糸杉が点在し、垂直に立つ濃い緑がアクセントを与えて、リュベロン地方特有の美景を構成する。空はひろい。

窓からすぐ下を覗《のぞ》くと、ホテルが崖に建っているのがわかる。何階か下に芝生の庭園やプール、カフェかレストランのテラスが迫り出している。

部屋は古典的な装い。天井と壁は臙脂《えんじ》が基調で漆喰《しっくい》の鈍い白と心地よいコントラストを見せ、カーテンやベッドカバー、椅子《いす》は臙脂と白のペイズリー模様でコーディネートされ、高級感が漂う。申し分のない部屋である。

街へ出るまえに、ロビーのコンシェルジュデスクに寄り、一つ訊《たず》ねる。銀色の髪を整えた初老のコンシェルジュである。

「この街には昔画家のシャガールが住んだと聞きますが」

シャガールは、生まれたロシアからパリに出たユダヤ人である。第二次大戦まえ、モンパルナスに住んでエコール・ド・パリを代表する一人となり、キュビスムの影響を受けた。このころさかんに南仏の街や村へ旅をし、スペインやエジプトなど地中海沿岸の国へも足を延ばしたという。

しかし大戦が始まると、パリを占領したナチスに追われ、ここゴルドへと逃れたらしい。

「この街のどこに住んだのかわかりますか」

「いや、わかりませんね。しばらくいたようですが。街外れの一軒家だったといいます。廃屋が多かったという時代です。隠れ家にはよかったんでしょう」

しかしゴルドもまたナチスの侵略するところとなる。シャガールは逃れ、南のマルセイユへいき、ポルトガル経由でアメリカへと亡命する。一九四一年のことである。戦後パリへ戻るが、晩年再び平和な南仏へ向かい、旅の画家はようやくコート・ダ・ジュールのサン・ポール・ド・ヴァンスに落ち着き、ここで九十七年の長い一生を終えている。

街の地図をもらう。

「近くに眺めのいいカフェはありませんか」

「眺めはこのホテルがいちばんなんですがね。すぐそこの広場に一軒あります」

丘のほぼ頂上、街の中心にロータリーがあり、古い城の周りが広場になっている。広場からは四方に下りる急な坂道や石段があるからさほど大きな街ではないと知れる。城は古い石造で、見るからに中世のものである。調べると十一世紀に建てられたとある。ゴルドもまた街全体が石でできている。城も家並みも階段も石で、いまにも崩れそうに見える。修復を重ねたにしろ、原形は中世の村で、さすがに広場を囲むショップやカフェなどは新しいが、それだって中世の骨格を利用したものだろう。一隅にラデュレの淡い緑色のショップがめだち、観光客が多い街なのだと思わせる。石の建造物はいずれも古びているが、街は化粧をし生きいきした肌艶《はだつや》をしている。

もっとも、この街がとくに美しいといわれるのはそれゆえではあるまい。たしかに石畳の古い路地などは写真を撮りたくなる風情《ふぜい》だが、これはどこの街も同じようなもの。この街がとくに美しいのは、街なかのことではなく、鷲の巣村として外から見た街全体の佇《たたず》まいだろう。周辺の丘には街を眺める見晴台があり、シーズンになると、夜にはライトアップされた街を撮影するカメラマンがひしめくという。

広場の奥には、これも石造の噴水がある。修復の跡が見え、水が迸《ほとばし》って、見る眼に心地よい。

この噴水の裏にレストランがあり、パラソルを立てたテラス席がある。リドリー・スコットが監督をした映画『プロヴァンスの贈りもの』に出てくる賑《にぎ》やかなレストランである。

映画のなかでは、店内もテラス席も客があふれんばかりで、広場の人出も祭りのように多い。夏のシーズンにはこうなのかもしれないが、いまは嘘《うそ》のように閑散としている。店は窓もドアも閉じられており、テラス席に人がちらほらという程度である。しばらく細い石段を下りたり上ったりし、カフェで休んでからホテルへ戻る。

チェックインしたばかりだというのに、そのときのスタッフの応対が心地よかったせいか、気分はすっかり馴染《なじ》んでいる。客の出入りが少ない時間なのか、ロビーは若いスタッフたちが談笑の最中である。古典的なユニフォームを着ている。宮廷風とでもいえばいいか、ゆったりした白いシャツに厚手の織生地のベストという恰好《かっこう》。短い挨拶《あいさつ》を寄こす。その様子もまた、こちらに馴染んでいるような、親しい風情である。とはいえ馴れなれしいところはない。それより客にたいする気遣いの表情があって、節度がうまく保たれている。それだけでこのホテルのホスピタリティが上質であると見て取れる。客室数が四十ほどで規模は小さいが、一流ホテルの矜持《きょうじ》を保ちつつ、堅苦しい気分は醸さずに客を気楽にさせる、というようなすべが身についている。

階段に敷かれた絨毯《じゅうたん》が足に柔らかい。上りながら、ゆったりした気分である。ホテルのしつらえとスタッフがそうさせる。

これは旅ではないな、と思ってみる。

安心している。すこぶる安全である。

旅よりは物見遊山とでもいうほうがふさわしいかもしれない。

むろん物見遊山の旅もあり、安全にホテルを渡り歩くのも旅にちがいない。どこまでが旅というようなきまりがあるわけではないが、これは「旅」か、と確かめるような、妙な習性が身についている。

自分にとってということでしかないが、「旅」とは、もっと落ち着かず、とりとめがなく、いつも安心できず、孤独にヒリヒリしているもの、というような思い込みがある。かつてはそうだったというほかないのだが、ハワイのリゾートホテルで時間を過ごすとか、パリなどにしても、移動せずに二、三週間ホテルに滞在して帰る、という場合は、どうにも「旅」という実感がない。

「旅」のなかで、最も落ち着かない宿泊は、野宿である。若いころの貧乏な長旅の場合は極力旅費を節約しておきたいから、どうしても野宿が多くなる。

街なかはむつかしいから街外れの空き地や草むらを探す。

スペインの草むらでは、眼覚めると、朝露に濡《ぬ》れた寝袋にも身体《からだ》にも夥《おびただ》しいカタツムリがびっしり張りついていた。ポルトガルのビーチでは夜に満潮になり波をかぶった。ギリシアの山中では朝方、とおり雨に遭ったあげく山羊《やぎ》の群れに食糧をさんざんやられた。こういう予期せぬ事態がしょっちゅう起きる。それでも安宿で南京虫に全身をやられたり、蚤《のみ》が飛び跳ねるベッドにダイヴするよりはずっといい。やれやれと思いながらも野宿を愉《たの》しんでいるところがある。

心地よく眠ったのは、チュニジアにいたときである。

サハラ砂漠をボロ車で掠《かす》め、アルジェリアを北上し、国境に近い荒れ地でヒッチハイカーのカナダ人を拾った。

荷物はセーターと毛布を丸め込んだ寝袋一つ、サンダルをひっかけただけという、筋金入りのあっぱれな貧乏旅行者であった。長身で口髭《くちひげ》を蓄えている。

ともにチュニスへ出てシチリアへ渡る予定だったが、チュニス港へ着いてみると、フェリーが出たあとで、しかも週に一便しかなかった。やむなく海沿いの別荘地から少し離れた断崖《だんがい》のうえに並んで寝袋をひろげた。

昼は海に浸《つ》かったり、子どもたちとサッカーで遊んだりしてから、近くの街へ連れだって出る。カフェに入り、日本円で十五円くらいのコーヒー一杯で夕刻まで粘り、焼きたての大きなパンを三十円で買い、八百屋で玉葱《たまねぎ》一個とトマトを二個買って戻る。パンは食べきれないので残し、翌日の朝食にとっておく。玉葱とトマトは適当に切って、塩を振り、大きな瓶で買った安いオリーヴオイルを掛ける。夕食はそれだけ。一度栄養が足りないからと卵を一個買うかどうかで男と顔を見合わせてずいぶん迷い、やめた。

ほかにはタバコを買うだけ。一日五十〜六十円という過ごし方は、どちらからいい出したわけでもなく、自然にそうなった。金はどこまでもケチケチする、というやり方におたがい文句はない。

ただ、こういうものだけ食べていると、なにか調理したもの、焼いたり煮たりしたものが無性に食べたくなる。喉《のど》が渇くように欲しい。それで普通はレストランに入ることになるが、隣の男はタフである。こちらも最後までそしらぬ顔で玉葱とトマトを食べる。

男とはずっといっしょにいたが、なんの支障もなくうまくいっていた。言葉はあまり交わさない。

「イスタンブールへいったらゴンゴルホテルのロビーへ寄ればいい、とみんないうね。安宿で貧乏な旅行者が溜《た》まっているらしい」

カフェで、男がいう。

「いくのかい」

「さあね。きみは」

「さあね」

そんな会話だけである。

いまはただ、フェリーを待って時間を過ごすのみ。それだけが共通している。ほかのことはどうでもよい。過去とか未来とか、面倒なことにはおたがい一切踏み込まないから、うっとうしくない。冷淡なわけでもない。いっしょにいながら、頭のなかも気分もべつべつに勝手にやっている。それが気にならない。喋《しゃべ》らないが過不足がなく、気分は落ち着いている。

ある夜、男が寝袋のなかでしきりにごそごそやっていた。黙ってタバコの箱を投げてやる。男も無言のまま一本抜いて火をつけ、箱を投げ返す。こちらも火をつける。二人の吐く煙が夜風にたなびいて消える。それっきりである。

それでも、シチリアのパレルモへ渡って駅前で別れる間際、男が口髭のなかに笑みを見せた。初めて見る笑顔である。

どちらからともなく「ありがとう」といった。


ホテルのレストラン、オランジュリーは、峡谷に面してテラス席もあるがいまは閉じている。窓際の席に案内される。

ガラス壁のむこう、傾き始めた陽を浴びて丘のうえの村や灌木の繁みが、ゆっくりと色を変えている。村が輝きを増していく。オレンジ色の屋根と白壁が強い西日を浴び、輪郭を鮮明にする。草木が一瞬生き返ったように輝く。移っていく光は印象派の絵のようである。空の青が深くなっている。やがてその青を残したまま、光が薄れ始める。一帯が黒ずみ、村も灌木も色を失っていく。空の濃く深い青がいつまでも消えないまま、峡谷が闇《やみ》に沈み、村が黄昏《たそが》れて鎮まる。

気づくとガラス壁にレストランのシャンデリアと白いテーブルクロスが映り込んでいる。人影が動く。

レストランのスタッフが着込んでいるユニフォームも、ホテルのスタッフ同様古典的である。サーヴィスもなにやら優雅にゆったりとしている。

「プレリュードでございます」

アミューズのまえに小さなグラスで出てきたのは、アヴィニョンのレストランで白身魚に掛かっていたトマトウォーターである。流行《はや》りなのか。ひと息に口中を潤す。シャンパンを注文する。

アミューズ。

日本の寺院の庭を模したつもりか、木製の器に乾燥したままの細かい豆が砂利の代わりに石庭よろしく敷き詰められ、そのうえに、三種類。指で摘《つ》まむサイズである。

「こちらからどうぞ」とサーヴィスの男が手を差しのべた一つ目はフムス。小麦粉を薄い板状に焼いた生地にのって、中東の風がここにもそよと吹く。オリーヴオイルで練られたひよこ豆にニンニクや香辛料が加わってはいるが、思ったより淡泊で優しい味わい。板といっしょに嚙《か》みしめると少し心もとないが、すぐに一筋のコクが舌に湧《わ》いて奥へと滑る。フムスもいろいろだが、ここの厨房《ちゆうぼう》は上品で繊細な風味を意識している様子である。

アミューズの役目は、客の舌に態勢を整えさせることだが、また同時に厨房のスタイルや腕を窺《うかが》い知る最初のヒントとなる。それも嚙んでいるうちに味が出るというのではなく、まるごと舌にのり一嚙みし、触感も味も喉に届くまでの瞬間のプレゼンテーション。そのことをしっかり自覚しているのが、プロの厨房だろう。日本料理にも先付だの八寸だのがあるが、ぞんざいな店が多い。どの世界でも大切なのは最初の挨拶。これができない店はたいてい最後まで低調である。

二つ目はクリームチーズのパイ。口に含んで歯を当てればその場でとろけるという、なめらかなチーズで、インパクトはそこそこ与えつつコクも甘みもほどよく抑制するのがむつかしそうだが、味蕾《みらい》をいたずらに騒がせることもなくするりと喉に落ちる。

三つ目はアンチョビのタルト。タルト生地に包まれた硬めのクリーム状のもののうえにアンチョビが散らしてある。口中でタルトが崩れ舌をくるんだクリームから立ったのは、玉葱の甘みにポロネギの香り。それにアンチョビの潮が加わって、まえの二品よりは少しばかりインパクトがある。

フムス、パイ、タルトと、客の舌を油断させるような簡単な名前の三品は、最初から仰々しくは参りませぬという大人の礼節か。しかしけれんはしかと奥に孕《はら》ませております、とひそかにいい添えている。まずは上々のできといってよいか。

舌と喉のあいだあたりで、微《かす》かに滞っている三つの味が、シャンパンの一口でふわりと膨らんで消えた。

高い天井から下がるシャンデリアの光が散り、部屋に陰影を与えているが、タイル張りの床まではしっかり届いていない。ほのかに明るい部屋で、壁には肖像画が並び、抽斗《ひきだし》のついた家具が嵌《は》め込まれている。奥には、オレンジ色の灯《あか》りの溜まりがあり、テーブルが置かれ、本棚がしつらえてある。そこだけ書斎のような一隅という装い。全体には古い邸宅といった趣である。

ガラス壁のむこう、空の青みもいつのまにか消え、丘の村の灯がぽつぽつと残るほかは闇である。

白い光が落ちるテーブルに、前菜が供される。

セップ茸《たけ》のクリームスープ。

スープにセップ茸が粒々に混じっている。ミキサーで砕きつつ、セップ茸で取った出汁《だし》とともに攪拌《かくはん》し、クリームを加え火にかけたという感じ。ローストしたセップ茸を数片浮かべ、真ん中にはポーチドエッグもトッピング。まずはそっとスープを啜《すす》り、口中でまわす。クリームのほのかな甘みに包まれて、セップ茸のキノコらしい旨味《うまみ》が、口のなかで、村の灯りのようにぽっと灯っている。それがじんわりと口中全体にひろがり、秋の滋味が粘膜に沁《し》みわたる。舌が安堵《あんど》する。

しばらくしみじみと味わってから、半熟卵をフォークの先で潰《つぶ》し、スープと混ぜると、いきなり強いコクがあふれる。舌が慌てて武装する。それを蹴散《けち》らすように、卵は勢いよく、好色を隠そうともせず、セップ茸の旨味と合体し、一瞬口中は秋祭りの様相を呈する。そこへ皿に浮かんだセップ茸を運んで噛みしめると、旺盛《おうせい》に味覚の季節が膨らみ、舌を翻弄《ほんろう》してやまない。

シャンパンを終え、赤ワインに替えてしばらく待つと、メインが登場する。

仔羊《こひつじ》のロースト。

肩肉である。仔羊のジュのソースに、付け合わせは芽キャベツとジャガイモのニョッキ。

シンプルにして王道、というメッセージが明快である。見た眼もそうだが、圧倒的な香りに厨房の熱情が込められ、鼻孔《びこう》を占領される。じっくりと焼かれた肉が発散する香りと一番出汁のような勢いあまったソースの香り。絡み合い、渦を巻き、凄烈《せいれつ》に、甘く辛く苦く、太く立ち上がる。

ナイフを入れ、口に含むと、肩肉にしては赤身が柔らかく、こめかみが痛くなりそうな、豊饒《ほうじょう》で意気盛んな肉汁がじわじわと誇らしげにあふれ出る。肉の旨味が濃い。それを香辛料やハーブを底に隠したソースが煽《あお》りたてる。

草を食べ始めてすぐというよりは、もうしばらくは食べていました、というような、食べごろ絶好という仔羊。上品で淡麗な脂身がすっと溶ける。味蕾をすっかり肉とソースに預け、四切れ五切れ。舌が歓喜して上げる叫びを聴きながら時間をかけて味わい、一呼吸し、芽キャベツを半分に切る。口のなかで合わせると、清楚《せいそ》だが芯《しん》のあるほろ苦さが肉の突進をなだめる。両者のせめぎ合いが絶妙のバランスをとり、旨味がいっそう増してうっとりするが、しかしいつしかそれも崩れ、仔羊が四肢をひろげて芽キャベツを組み敷いている。

草を食《は》んでいたころの生命力が、倍増して食卓に蘇《よみがえ》ったようである。しかもここへきて、色香がたっぷり滴ってもいる。色香だけは仔羊どころかまるで年上の女のよう、相当にエロティックで、これはもう淫蕩《いんとう》といってさしつかえない、そういう成熟した旨さである。

年上の女、といえば、唐突だが中世の騎士の話。

異教徒を大量殺戮《さつりく》しやりたい放題だった十字軍の悪名が高いが、一方で騎士道精神にあふれ、規律の下で主君に忠節を誓い、勇壮な戦いに臨み、ファッショナブルな武具に身を包んだ姿は、若い女たちにモテモテという明るい青春群像の側面もある。

もっともキリスト教によって自由恋愛は許されていない。若い騎士たちの鬱屈《うっくつ》は、しかし主君の奥方たちが一手に引き受けたらしい。彼らはひたすら奉仕するというかたちで年上の女たちと接触し、その色香を存分にかぶった。宮廷愛というやつで、許されるのはいうまでもなくプラトニックラブ。姦通《かんつう》はご法度である。しかし、これもまたいうまでもないことだが、そこは男と女、肉体的な垣根はあっというまに飛び越えて、宮廷は乱れきったという。美しい年上の女とのめくるめくような、禁断の恋である。女もまた奔放に解き放たれ、若い命をむさぼったのだろう。

食卓の肉は、そんな女の、厚ぼったくて熱い、湿った息を吐き続けている。グラスのワインも、おかげで極上の時を過ごし、いつのまにか空になっている。

しかしながら、すべての騎士がそうそう明るかったわけでもあるまい。不幸な騎士だってなかにはいたはず。主君の奥方が美しく妖艶《ようえん》ならばけっこうなハナシだが、必ずしもそういう場合ばかりではなかったはずで、暗くてやるせない運命の青春を送った騎士もいたにちがいない。料理にしたって同じこと。じつは別の日の夕食で、ずいぶんと醜《しこめ》女な羊に遭遇したのである。

ホテルの近く、路地の奥にビストロがある。陽気な女主人が笑顔で迎えてくれた。満員の盛況である。サイトで口コミを見ると評判はすこぶるよい。

座るまえから、席にはタプナードが置いてある。アミューズとか前菜というより食前のツマミである。イタリアなどで見かけたことがあるが、これはプロヴァンスが発祥だという。オリーヴの実、アンチョビ、ニンニク、ケッパーなどをみじん切りにし、攪拌してペースト状にし、オリーヴオイルとレモン汁などを混ぜた簡単なディップで、パンに塗る。ハーブなどを使うこともあり、店によるがなかなか旨い。この店ではペーストではなくみじん切りにしただけ。鄙《ひな》びた風味で、これはこれで悪くない。

最初の皿は、前菜のセップ茸と卵白の炒め合わせ。セップ茸はオランジュリーで頂点だったから、あまり興を催さないが、旬《しゅん》なのだろう。さまざまなべビーリーフのサラダが添えてある。塩コショウと乾燥ハーブで味つけしたというだけで、朝食ならば問題なく合格点であるが、料理というほどの皿ではない。

さて、メインの仔羊である。

羊は好物だから飽きることはないし、オランジュリーほどの皿を期待したわけでもむろんないが、香りを嗅《か》ぐべく皿に近づけた顔を思わず引いた。だしぬけに鼻孔をいたぶったのは、予想しなかった猛烈な刺激である。メニューには仔羊とあったが、これは牧場の草を何へクタール食い尽くしたのかと思えるような、十分に成長した羊である。あるいはメニューのなかで人知れず成長してしまったのかもわからない。もっとも仔牛にしても仔羊にしても、ほんとうは初夏がよいとされるから、オランジュリーの皿が特別だったと知るべきなのだろうか。

改めて皿と向かい合う。

ラムではなく立派なマトンが、薄切りにして並べてある。塊《かたま》りをローストして削《そ》ぎ切りにしたものと思われる。しかしマトンだからといってけっして嫌いなわけではない。ふいうちを食らっただけのこと。だったら舌の気持ちを切り替えればよろしい。中東の屋台などで愉しむドネルケバブと思えばまったく問題はない。ゆっくり二呼吸ほどして、とりかかる。

もしも肉がそこそこ柔らかく、舌のうえで渋滞しないでくれれば、さっさと全部平らげ、どうだと誇らしげに口を拭《ぬぐ》うところだが、やや甘すぎるソースが喉へ滑り落ちてしまったあとも、肉は残ったままである。そうそう歯が頑丈なわけでもなければ、一切れそのままを呑《の》み込むほど食道が太いわけでもない。しかしこれも主君の奥方だというならば、妖も艶もなく大皺小皺《おおじわこじわ》が寄せては返していようが、わが身に鞭《むち》打って奮い立たせ、死にものぐるいで格闘するほかはない。

長い時間をかけて三分の二ほどをワインの力を借りつつなんとか片づけ、コーヒーを頼んだ。

レストランをあとにし、通りを渡ってホテルへ歩くあいだ、夜の澄んだ空気がずいぶんと冷えているのに気づく。街が高地にあるせいか、秋が深まっているせいか。胃のなかで羊がせつない啼《な》き声を漏らしているような気がする。


ホテルの朝食は、夕食と同じオランジュリーである。

ガラス壁のむこうに眺める黄昏《たそがれ》の風景もいいが、朝の爽《さわ》やかな光にあふれた景観もいい。ひらけた眺望のなかで摂《と》る朝食はまた格別である。

イタリアのヴェネツィアにあるダニエリというホテルの朝食は、かつて世界でいちばんといわれたが、これはテラス席からの運河の眺望のゆえだろう。ハワイやバリ島のような海浜リゾートではビーチ沿いのレストランがいいし、タヒチなどのラグーンに浮かんだ水上コテージの朝食は素晴らしい。朝食はだいいちにロケーションである。

ホテルの朝食は最近ビュッフェ形式が多い。

食材と人材の合理化を考えれば当然そうなるだろうが、ビュッフェしかない場合と卵料理やサンドイッチなどは注文できるという場合とがあって、客はわがままをいいたいからむろん後者がいい。オランジュリーはこのタイプである。スタッフの数も多い。客をテーブルに案内してから、飲み物だけはオーダーを取り、テーブルでサーヴする。

ビュッフェは質の高さはもとより選択肢の多さが重要で、品数さえあれば、あれやこれやを眼にして選ぶのも愉しい。このホテルのビュッフェはすこぶる多彩である。ジュースだけでもフルーツや野菜など十種類ほどのキャラフェが氷に刺さっているし、調理した野菜も多く、生ハムなどのシャルキュトリ（加工肉）やチーズも種類が相当にある。珍しくアサイーボウルなどもあり、賑やかだ。パンやホールケーキはそれだけで大きな台を占有している。

バゲットとブリオッシュを一切れずつ、生ハム、スモークサーモン、サラミ。サラダとエッグベネディクトはメニューから注文する。

生ハムとサラミの質のよさに驚く。ほどよく舌に絡んで溶けるハムは、しっかりした旨味を孕みながら、窓外の清新な空気を運んだように軽やかな品を携え、サラミは見た眼よりしんなりしながら、これもまた品のある脂が舌へ滲《にじ》み出る。ともに、中世の騎士ならば、年増など朝飯前の、眼もと涼しいイケメン。ビュッフェラインへおかわりに立つ。

サラダの野菜は土地のものだろう。色も味も濃い。とくにさまざまなベビーリーフは朝摘んだかのように新鮮でそれだけで少し豊かな気持ちになる。ふと、この朝食はパリのレストラン、エピキュールに迫るかと思う。

エッグベネディクト。

一般には、イングリッシュ・マフィンを台にして、ハムとかベーコンなどをのせ、そのうえにポーチドエッグを重ね、卵黄とバターとレモン汁でつくったオランデーズソースをどろりと掛ける、温かい軽食。これにはイギリスのサンドイッチ伯爵に似た名前の誕生噺《ばなし》がある。こちらには諸説あって、ベネディクト氏は幾人も登場する。しかも生誕地はアメリカらしい。これが世界中にひろまって、マフィンにのせるのがエビやカニや、アーティチョークやホウレン草になったりで、それはそうだろう、いくらでもバリエーションは考えられる。一応基本的に台はマフィンで、ポーチドエッグとオランデーズソースも共通らしい。

ハムではなくベーコンにしてほしい、と注文する。

ベーコンは不思議な食材である。料理の旨味を引き出すために脇役《わきやく》にまわるのが普通で、生《な》まはイタリア料理のパンチェッタ（豚バラ肉の塩漬け）と同じだから食さないわけではないが、生ハムのようではない。しかも焼いたベーコンがそのまま皿にのるのは、朝食のときと決まっている。それも卵料理に添えられるくらいだろう。こういう食材はなかなかない。エッグベネディクトのベーコンは、焼いてある。

マフィンと卵はまあどこでも同じようなものだから、味の優劣はベーコンとオランデーズソースが決め手となる。

ナイフを入れる。

ソースと卵が、行儀悪く一気に崩れる。形を整えてから口に運ぶ。温かいバター風味のソースに、半熟卵が一体となった濃厚極まりない旨味が口中いっぱいになる。いっぱいになってさらに、舌の奥へ上顎《うわあご》へ口壁へと膨張するその芯《しん》に、ベーコンが鋭く割り込む。ぎりぎりまで火が入って心地よく香ばしい、特有の充実した旨味が立ちあがり、ソースと卵がそれを押し返す。双方のぶつかり合いに陶酔するところへ、控えていたマフィンが現われ、一噛み二噛みすると、舌のうえの騒乱をおっとり下支えする。まとめて呑み下し、舌をまわしてからようやく、オランデーズソースもベーコンも極上に相違ないと確信する。

朝食が充実すると、その日一日、夕食までの時間が心豊かに過ぎる気がする。ゴルドでは四日間の滞在中続いた。

出発の朝は早めにチェックアウトする。

滞在中に周辺の小さな村々をまわったが、ラコストという村が残っている。次の予定はエクス・アン・プロヴァンスであるが、そのまえに寄っていきたい。あのサド侯爵が領主をしていた村で、その城があるらしい。

ホテルのまえの駐車場まで、数人の若いスタッフたちが見送りに出てくる。

「ラコストはどっちだろう」

スタッフたちは揃《そろ》って同じ方向を指さした。

ムール貝のワイン蒸しとセザンヌ

エクス・アン・プロヴァンス

村の麓《ふもと》に車を置いて、急な坂道を上る。

ラコスト。

ゴルドの街から車で十五分ほどの村である。

この村に城があって、それがかつてサド侯爵が住んだといういわれがなければ、旅行者にはほとんど見向きもされない集落だろう。ほかに興味を惹《ひ》きそうなスポットはなにもない。果樹園やブドウ畑の平地から隆起した丘のうえにある。

石ばかりでできた古い村である。灰色の家並みが、路地をつくって建て込んでいる。ショップやカフェの看板は見当たらない。坂道に観光客の姿はちらほらあるが、住人の姿はどこにも見えない。活気がなくさびれた様子の村は、明るい陽《ひ》が降り注いでいるものの、全体が暗く翳《かげ》っているように見える。

坂になって折れ曲がる路地は、石畳といっても、道筋によって平たく刻んだ石を敷き詰めた坂道もあるが、丸い石をそのまま並べてごつごつしたところもある。おまけに、雨水が側溝ではなく道の中心が一筋窪《くぼ》んで流れるようになっており、左右が斜面になっているから歩きにくい。

それも上るにつれて、敷かれた石が大振りになり、荒れて、崩れ始める。家並みが尽き、折れ曲がる坂の両側が石垣になり、それが古い城の一部だと気づく。

頂上に出ると、広場がひらける。サド侯爵の城郭が、ほとんど崩落したままの荒廃した姿で現われる。広場は城の庭でかつては花が咲き乱れていたという。城の内部は一部復元されているが、門はたいてい閉じられたままである。

マルキ・ド・サドは、十八世紀の人である。

一七六七年、二十七歳で代々の領地を譲り受け、ここの城主となった。

とうに倒錯的な放蕩者《ほうとうもの》として名を馳《は》せ、パリのヴァンサンヌにあった牢獄《ろうごく》は経験済み。ラコストの城は日夜の遊興のための隠れ家であったが、とはいえ、この城にじっとしていたわけではない。ここを根城に、リヨンやマルセイユ、パリ、ナポリ、それにプロヴァンスの街や村などを経《へ》めぐる旅の日々である。各地で放蕩のかぎりを尽くし、またこの間逮捕と釈放あるいは脱獄を繰り返す。旅の多くは官憲からの逃亡である。二十代も三十代も、波乱万丈、極めて忙しい日々であった。

サド侯爵の行状は澁澤龍彦《しぶさわたつひこ》著『サド侯爵の生涯』に詳しい。

一七七二年の記述に、マルセイユでの遊興の早朝、この城へ「三頭立ての駅馬車を駆って」「浮き浮き」と帰ったとある。石を敷き詰めた城への急坂を、サド侯爵は従者とともに馬車で駆け上ったということだろう。城内では芝居を上演し宴会を催したというが、坂道にも城にも、往時の華やかさなどどこにもない。

澁澤龍彦はアヴィニョン経由でラコストへきており、『城と牢獄』の「ラコスト訪問記」のなかで、「死んだような村」を抜けて城に達し、広場で、サドの霊が化身したような気がして小さな花を摘んだと書いている。

澁澤よりまえにサドの伝記を書いた遠藤周作《えんどうしゅうさく》もここへきているが、雪で往生したようである。晴天の日が多いという、地中海に近いプロヴァンスの村にも雪が降るのかと思うが、かつてゴッホがパリからアルルへきた二月には、六十センチの積雪だったらしい。地中海沿岸の街にも大雪は降るのである。

広場からの眺めは、このあたりでは最も美しいといわれる。田園風景と、ゴルドなどの街や村があるリュベロンの山脈を見渡してから、村の急坂を下る。

カーナビに目的地エクス・アン・プロヴァンスをセットする。

南へ、果樹園のあいだを走り、ブドウ畑を抜ける。

このあたり、ナチスに追われたユダヤ人の画家シャガールがゴルドからマルセイユへと向かい、官憲に追われたサドが馬車を駆ったのかと思いを馳せる。ともに逃亡の旅である。プロヴァンスにもさまざまな旅が通り過ぎた、ということだろう。いま静かな風のなか、穏やかに緑の風景がひろがっている。

高速道路D14にのる。エクスまで十五キロ、二十分ほどである。

エクスはアヴィニョンなどとともに、プロヴァンスでは大きな街の一つで、いままでまわった街のなかでは格別賑《にぎ》わっている。エクスとはラテン語で水を意味するアクアが転訛《てんか》したものといい、噴水がいたるところにある。古都である。

中心はメインストリートの大通りで、もともとは十七世紀半ばに敷かれた四輪馬車用の道路だというが、通りではなくミラボー広場と呼ばれ、ひろびろとして歩行者天国のような人出である。旅行者も多く、近在からやってきたかという人もめだつ。ラコストに近い村メネルブに住んだピーター・メイルの『南仏プロヴァンスの12か月』(池央耿《いけひろあき》訳)には、プロヴァンスでただ一か所だけ「何度でも喜んで出かける場所」はここエクスだとある。彼によれば、広場の「道幅は建物の高さに等しく」というレオナルド・ダ・ヴィンチの美学を踏まえた都市設計」によって造られているらしい。

人びとに紛《まぎ》れて、歩く。

旅行者にとって、賑やかな大通りを歩く気分は格別である。浮きうきしている自分がわかる。こういう気分にさせてくれる通りはそう多くはない。少ない経験からいうしかないが、たとえばスペイン、バルセロナのランブラス通りである。中央がひろい歩道になって人があふれている。用もなくいったりきたりするのが愉《たの》しい。バルセロナへいくとまずここを歩く。途中にある大きな市場へも必ず寄る。ミラボー広場もそんな通りである。しかも聞こえるのは、英語よりも圧倒的にフランス語である。ほかの街ではむしろ英語である。プロヴァンスの街は旅行者が多い。

もっともここは、カフェに座って往来を眺めるほうが愉しいかもしれない。広場に面して並んでいるテラスはどこも盛況でごった返している。

学芸都市である。カフェにも広場にも若い者が多い。とりわけ女子学生と思われる女たちは元気がよく、個性的なファッションを競い合っている。胸もと露《あら》わ、という女も多い。つい眼《め》がいく。一様に胸の膨らみが大きい、と改めて思う。白人も黒人も大きい。お尻《しり》も見事である。大きなゴム毬《まり》を胸に二つ、お尻に二つ揺らして、誇らしげに闊歩《かっぽ》している。佳景である。アジア人は貧弱に見える。コーヒーを啜《すす》りながら、むっつりとスケベエを決めこむ。

ピーター・メイルにいわせれば、広場は「艶《なま》めかしい華やぎに満ち溢《あふ》れ」たところということになる。「カフェを梯子《はしご》すればあっという間に一日が過ぎてしまう」ともいう。「とくにミラボー大通り（広場）に数多く建ち並ぶ個性豊かなカフェは愛着が深い」ようで、「なかでも私が贔屓《ひいき》にしているのは〈ドゥ・ギャルソン〉」といい、この店を紹介している。エクスではいちばんの有名カフェだろう。ボーヴォワールやカミュやピカソなどここで時間を過ごした著名人は数知れない。まえを通りかかったが、残念ながら工事中である。

広場は旧市街と新市街とを分けて街を貫いている。

広場へと北側から雪崩《なだ》れてくる斜面が旧市街で、ショップやレストラン、ファストフード店などがぎっしり軒を並べ、人の賑わいは広場から境もなくひろがっている。その中心は広場から少し上ったタウンホール界隈《かいわい》らしく、歩くといつもここへさしかかる。食材市場や花市場があり、市民が集まっている。あたりには評判のケーキ屋もあって、花やケーキを手に家へ帰る人々がめだち、心地よい潤いのある街かと思わせる。

画家セザンヌの街である。

広場の外れに生家がある。一八三九年一月の生まれ。

街の歩道には石畳に名前の入った銅の板が嵌《は》め込まれ、ゆかりの場所の目印になっている。

セザンヌについては夥《おびただ》しい評論があって、なにを書いてもそのなぞりになってしまうのだが、個人的なセザンヌ体験もないではない。

複製画から始まり、その後展覧会で原画に会うくらいだが、いつのまにか「セザンヌは赤がいい」と勝手に思い込むくらいにリンゴや花の赤が頭に沁《し》みていた。セザンヌには膨大な量のリンゴの絵がある。「リンゴ一個でパリをあっといわせてみせる」といったリンゴである。しかしやがてその赤の凄《すご》さは、黄色や緑や白とのコントラストにあるのだと知り、この画家に特異な構図に眼がいったのはしばらく経《た》ってからのことである。

セザンヌの絵は、いい尽くされたことだが、静物であれ風景であれ人物であれ、絵を眺めるうち誰《だれ》もが、不安と苛立《いらだ》ちを覚えるようになる。どの絵も奇妙に傾《かし》いでいるのである。テーブルに置かれたリンゴは、どう見ても転がり落ちてしまうように描かれているし、風景画や肖像画も、これが額に入って壁に掛かっていたら、水平に直したくなる。しかし、直せばさらに傾斜がひどくなる、というような不思議な構図である。それによって絵はたしかに動的になる。動的な流れを孕《はら》んでくる。

一方で絵は極めて精緻《せいち》であり堅牢である。それがダイナミズムと共存して、観《み》る者を圧倒し迫ってくる。同時に構図と美しい色によってリズムが生まれてもいる。ときに軽みが現われ、抒情的《じょじょうてき》になる。

セザンヌが革新的だといわれるのは、ゴッホとともに先人ウジェーヌ・ドラクロワの理論を継承するかたちで実践したことによるらしい。評論や評伝を下敷きにして簡単にいえば、「円のように、球体のように描く」「対象の中心から描いていく」「輪郭は排して色によってデザインする」というようなことであろうか。セザンヌは「自然に輪郭があるのか」といったという。「自然は表面よりも深さ、奥行きである」ともいい、グラデーションの重要さを説いて、ゴーギャンを否定し、おおいに影響された日本の浮世絵を拒むことになる。反逆の異端児である。

その作品は、エクスではグラネ美術館に展示されている。ミラボー広場に近い。広場を歩いたあと、満を持すような心持ちで絵のまえに立つ。

木立ちの下の裸像群『八人の女の水浴』、少年期からの友人エミール・ゾラの『肖像画』、不機嫌そうな夫人『マダム・セザンヌ』、豊満な女が岩のうえでのけぞっている『バテシバ』、風景画『ジャ・ド・ブッファン』など。重要な作品ばかりである。手に握った汗を感じながらじっくり眺める。

美術館を出ると、心地よい昂奮《こうふん》の名残とともに、カタルシスのようなものを覚え、その隣で、空腹を感じる。昼を過ぎている。旨《うま》いサンドイッチでもと思う。

旧市街へ戻る。

花市場の近くに、ヴェベルという、様子のよいサロン・ド・テがある。この店だけ行列ができている。並んでまで食べるのは好きではないが、陽がうららかで、絵に満足したせいか開放的で優しい心持ちになっている。行列も厭《いと》わしくない。

二十人ほどで満員のこぢんまりとした店は、ガラス窓から明るい陽を採り込んでいる。客のほとんどは若い女である。ケーキショップを併設している。

アヴォカドのクロックムッシュとカフェ・クレームを頼む。

トーストのうえにアヴォカドの鮮やかな緑色のスライスと赤いトマトがのり、みずみずしいレタスのサラダが添えてある。

アヴォカドは好物の一つだが、いつ食べてもよい、と思っているわけではない。そうそう意識しているわけでもないが、なんとなく贅沢《ぜいたく》な食べ物という気がしている。ごく個人的な思いだが、少し特別な気分のときに食べたい。高価で味と触感がリッチなせいもあるが、たぶん初めて食べたときの感動がずっと尾を曳《ひ》いているからだろう。

誰にでも、初めて出会ったときの味を忘れない食べ物があるのではなかろうか。飽食の時代に生まれた者はどうか知らないが、ステップを踏むように新しい食べ物にめぐり会った世代にはほとんど例外なくあるのではないか。十歳くらいのときに初めて食べたラーメンは、いまなお忘れがたい。そのとき飲み残した汁を全部啜るべきだったといまなお意地汚く思う。一生で最も旨かった記憶の一つといってもよい。食べた店の様子もありありと覚えている。いわば日常の流れから立ち上がって確保された時間である。思えば美食とはそういう時間なのかもわからない。旅もまた同じである。

アヴォカドを生まれて初めて食べたのは、カナダである。貧乏な旅の途中で、しばらく塒《ねぐら》にしていたヒッピーたちの棲《す》み処《か》で知った。

当時、ヒッピーコンミューンと呼ばれる共同体が世界のあちこちにあった。ヴァンクーヴァーから少し離れた島にできたそれは、ベトナム戦争の徴兵を忌避してアメリカから国境を越えてきた若者などを中心にしていた。木造の小屋に長髪の者たちが群れていて、夜にはマリワナを吸いまわしてくつろいだ。

ある夜遅くに輪に加わるべく訪ねると、薄暗いなか、キッチンからふいに皿が差し出され、気さくな女が「食べる」と訊《き》いたのが淡いグリーンの一切れであった。

柔らかく溶ける触感と強いコクのある初めての味覚が、舌に衝撃を与えた。上顎《うわあご》にねっとりと張りついてくるような味に、ナンだこれは、とうろたえるように思い顔を向けると、女は「アヴァカード」といっておかしそうに笑った。以来、この果物の呼び名もまた、アヴォカドではなくアヴァカードと頭に刷り込まれている。

ムール貝の最初は、フランスかベルギーかイタリアか、どこだったか覚えていないが、ワイン蒸しがいつのまにか大好物になっている。生《な》まもいいし、あれこれ調理したのもいいが、やはりムール貝はなんといってもバケツのような鍋《なべ》に何十個と入ったワイン蒸しである。

エクスにきてようやく、それに出会った。

ミラボー広場の端にある噴水のまえに大きな店構えのブラスリーがあり、ドアのまえに手書きのメニューが出ている。いよいよムール貝のシーズンである。日が暮れるのを待ちきれずに店に入る。

白ワインとムール貝だけを注文する。

若いウエイトレスが黒い鍋を運んでくる。見ただけで涎《よだれ》が出そうになる。殻つきのムール貝は鍋からあふれんばかりである。コレコレ、とつぶやいて一つ摘《つ》まむ。口をつけ、前歯で丸い身を掻《か》き出し、舌にのせる。微《かす》かにバターとニンニクの香りを含んでまったりとした塩気がひろがる。プリッとした肉を噛《か》むと、紛れもないムール貝の、海から養分を引き揚げてきたとでもいう、濃い味を含んだ温かい汁が弾《はじ》け出る。たちまち口壁に襲いかかり、景気よく舌にまとわりつく。口中いっぱいに芳烈《ほうれつ》な滋味が爆《は》ぜる。盛大に夏祭りの太鼓が鳴り響く、とでもいう歓喜が満ちてくる。好物というのはそういうものである。たとえば、小柄だが胸が見事に豊満、腰がきりっとくびれた女。尻の笑くぼが可愛《かわい》くて、尻軽ではないが遊び好き。ムール貝がちょっと卑猥《ひわい》なのは、誰のせいでもない。開高健《かいこうたけし》は「どうも男は、赤貝をはじめ貝類を眺めるとニタリとする癖があるようだ」と書く。まあそんなところ。二つ目からは空の貝殻で身を挟み取っては、せっせと口に運ぶ。バゲットを齧《かじ》る。淡麗辛口の冷たいワインを、喉《のど》へ流し込む。至福の味である。

エクスの街を出ると住宅街がひろがっている。

セザンヌが毎日のように画架を立て、サント・ヴィクトワール山と向かい合ったレ・ローヴという丘は、いまは住宅街のなかにある。麓の道路に車を置いて石段を上ると、小さな広場に出る。しかしサント・ヴィクトワール山は、木立ちや建物が邪魔をして見えない。少し移動すると住宅街越しに姿を現わす。ほかに高い山はなく、絵で見知った山だから、すぐにそれとわかる。

山容は明日も明後日《あさって》も同じにちがいないのだが、セザンヌは「自然は変化し持続するものだ」といい、それを読み取るのは画家の「感覚の深さ」なのだという。さらに「自分の頭で描くのではなく、自然から学ぶ」のだとも。

セザンヌは狩るように対象となる自然をみつけ、向かい合う。自身の「感覚」を研ぎ澄ませて、自然が色や形を成してくるのを待ち、感じるままにその瞬間を切り取る。キャンバスに定着させる。サント・ヴィクトワール山を八十枚以上も描き続けたのは、それゆえということになるらしい。

セザンヌの色はまことに美しいが、同時に、対象と向き合ったときの尋常ならざる感覚と、観る者の不安や苛立ちを嘲笑《あざわら》って絵のなかに曳きずり込む腕力こそ、この画家の凄さだろう。

ダニエル・トンプソンが監督した映画『セザンヌと過ごした時間』の、よれた帽子を被《かぶ》った髭《ひげ》もじゃのセザンヌが、絵の道具を背負い、せっせと山のなかへ入っていく後ろ姿が印象的である。そのむこう、青い空のなかにサント・ヴィクトワール山が見えてくる。

丘のすぐ近くにセザンヌが後年住んだというアトリエがある。

復元されたものにあまり興味はないのだが、このアトリエはそのままであるらしい。作品に描かれたキューピッドや髑髏《どくろ》なども保存してあると聞いていたから期待したのだが、赤い門のところへいくと「休館」とあり、予約が必要だと書いてある。すぐに電話をしてみるが、応答はない。なんどかけても同じである。シーズンオフのせいだろうか。ミラボー広場の有名カフェといい、残念の連続で、カフェは簡単に諦《あきら》めるが、アトリエのほうは地団駄を踏む気持ちになる。

未練がましく、周辺をドライブする。ひらけた交差点にさしかかると、前方にサント・ヴィクトワール山の威容が迫っている。

この情景に似たシーンが、『ボンジュール、アン』という映画に登場する。余談だが、この映画に触れておく。

エレノア・コッポラが監督をした映画である。フランシス・コッポラの夫人で、八十歳にして最初の長編映画だということに感嘆する。以前に少し触れた黒澤明《くろさわあきら》の映画『夢』もまた八十歳の作品で、重くときにおどろおどろしいのに較《くら》べ、夫人の作品は軽快な不倫恋愛の、ロードムービーである。

今回の旅はパリから南下して、プロヴァンスからコート・ダ・ジュールへと向かっているのだが、映画は逆で、カンヌからパリまで、中年の男と女が車で北上していく。エクスのあたりを通り、水道橋ポン・デュ・ガールから、ローヌ河沿いにリヨンを経由する。ポン・デュ・ガールでは、下を流れるガルドン河のほとりを歩く。副旋律のテーマは、プロヴァンスの風光と観光、それに美食と絵画である。セザンヌについては、サント・ヴィクトワール山の実写とともに絵が画面いっぱいに挿入される。ローヌ河のほとりでは、マネの『草上の昼食』よろしくランチのバスケットを愉しむ。チーズがことのほか旨そうである。このシーンにも絵が挿入される。

全編ロケーションという趣で、リヨンのレストラン、ダニエル・エ・デニスも、途中で寄るホテル、レ・ジャルダン・デピキュールも実在である。リヨンでは、エスカルゴのぬめりは生きたまま塩を振って水で洗い内臓は毒だから取り除く、などと蘊蓄《うんちく》を語りつつ、ブレス産の鶏のローストや、モリーユ茸《たけ》、鴨《かも》の脂で揚げたポテトなどを旨そうに食べる。

リヨンの豪華な食事のあと、ロードムービーは北のパリへと走るのだが、こちらはさらに南へいく。


エクス最後の晩餐《ばんさん》は、旧市街のビストロである。

暮れなずむ旧市街に、街灯がめだち始める。

テラス席が多いレストランが数軒並んでいる区画があり、一斉に、という感じでムール貝のメニューが出ている。突然ムール貝の襲来が始まったようである。

客の姿はまだまばらで、賑わうには早い、という時間。

路地をしばらく歩き、予約したビストロに辿《たど》りつく。

オレンジ色の光がガラス窓から洩《も》れ出ている。

小さな店であるが入ると天井が高く、十卓ほどのテーブルはゆったりと置かれている。古典的な椅子《いす》は背凭《せもた》れが高く、座ればふかりと心地がいい。男ばかりのサーヴィスのスタッフは白いワイシャツに臙脂《えんじ》のベスト、黒いパンツが粋。ビストロとはいえ、高級感にあふれている。先客はまだ二組。

グラスのシャンパンを注文すると、ソムリエらしい男がボトルを三本並べ、ラベルを見せて説明し、注いだ。しばらくしてべつの若い男が小さな皿を差し出す。

「アミューズブーシュは、鴨のキッシュロレーヌです」

一口サイズで、一切れの鴨がひよこ豆やナッツバターのタルトに過保護にくるまれている。パイ生地のぱさりとした触感のあとにねっとりしたムースと淡いチーズの風味と鴨の肉汁が一瞬舌に絡み、ナッツの香ばしさを残しながら、喉を滑って消える。ほっとするような丸く温かい味わい。それをシャンパンが涼し気に追いかける。

気づくと、テーブルの脇《わき》に小柄な初老のスタッフが恭《うやうや》しい眼差《まなざ》しで立っている。白い口髭が立派である。数行だけの簡単なメニューを見せ「本日の料理ですが」という。

「英語でお願いします」

「わかりました」

男は柔らかい声で歌うように説明するが、食材も調理法もソースもフランス語で、さっぱりわからない。途中で遮る。

「私のほうから食べたいものをいいましょう」

「どうぞどうぞ」

「前菜はキノコを使ったなにかをお願いしたい。旬《しゅん》でしょう」

「キノコならスープの用意があります。おいしいです」

男は上体を前後に揺らせ、両手を胸のまえで握り、顔が少し赤らむ。

「あなたを見ていると、ほんとうに旨そうだ」

「ウィー。ウィー、ムッシュー」

力を込めた低音が耳に心地よい。

温かい野菜の皿があればと頼み、あとは魚だけ。調理は厨房《ちゅうぼう》に任せるからといい、「量はこれで大丈夫でしょうか」と訊くと、男は「まったく問題ありません」とやや大袈裟《おおげさ》に、感極まったような声を上げる。

最初に出てきたのは、ごくシンプルな皿。

焼いた太いポロネギが一本、オイルの艶《つや》で堂々と照り、ドレスアップしたマダムでございますという素振りで、どうと皿の中央に横たわる。カリカリのパンチェッタとフレッシュなシェーブルチーズが、お供のように周りに跪《ひざまず》いている。赤く散りマダムの色気を煽《あお》っているのは食用の細かい花。ポロネギは、ナイフを入れ口に含むと、思ったよりずっと甘く、歯は必要がないほどに柔らかい。ケーキのようだと思い、しばし陶酔する。パンチェッタの塩気とクリーミーなチーズのコクは、味もまたお供です、という具合に女主人を引き立てる。

ついで、セップ茸とトランペット茸とポルチーニ茸のスープ。

大振りの白い皿に入ったそれをサーヴする若い男の背後に、さっきの初老の男がつき添うように立っている。見ると満面紅潮し、額に汗が浮いている。若い男を追い払い、握り合わせた手に力を込め「キノコのスープです」と叫ぶようにいう。

「食べるのは私ですが」

からかうと、

「そうです。サーヴするのは私です」

噛み合ったのか合わなかったのかわからない会話があって、スプーンを取りゆっくり啜るのを男はじっと見ている。

口に運び、呑《の》み下すのを見守ってから、男は、どうですかというように顔を覗《のぞ》く。

「旨い。とても旨いです」思わずそういうと、厚い胸がぐいと反って顔がいっそう紅潮する。

スープのコクを反芻《はんすう》しつつ、背を向けた男の、ちょっと威張ったふうの肩を見送ってから、文句なし、とつぶやく。濃い茶色のとろりとしたスープのうえに、ローストして細かく刻んだ三種類のキノコがこんもりとのり、そのうえに白いチーズがまぶしてあり、オリーヴオイルが一まわし垂らしてある。

全体をスプーンで掻きまわしてから、改めて掬い、口に運ぶ。スープの旨みを出すのにどれほど大量のキノコを使ったのかと思わせるほど、キノコの精気ともいえる濃い出汁《だし》が豪勢である。バターも微かに香り、ハーブなども使っているのだろうが、渾《こん》然《ぜん》と一体になっているその頂点にキノコの出汁が突出して圧し、威風あたりを払うとでもいうような雄渾な風味を保持している。喉へ通すまえにじっくりと口中に溜《た》めては、一匙《ひとさじ》ずつ進める。

キノコは三種類ともにスープよりも一味濃く、特有の土の臭みをほのかに残しつつ、精妙を極めている。ローストの腕がよいのだろう、封じ込められた味は豊潤。絶品、とまたつぶやく。冷えた白のワインで口を洗う。

店が少し混み始めている。初老の男は新しい客の案内に忙しい。

メインは鱈《たら》のポワレ。

パンフライドしたのか表面には微かに焦げめがついている。身のほうは奥がほんのり赤くミディアムレアに見えるが、嚙めばぷりぷりした弾力のあと、よく火が入っているのかほくほくとほぐれる。脂の香ばしい風味が立ち、ふっくらした甘みの奥に、海の底にひそんでいるような腰の強い味を携えている。淡いグリーンの優美なソースはなにか香味野菜のものかと思われるが、本体は驚くほどしっかりした魚介の出汁。滋養に富む魚の味に拮抗《きっこう》するほど強靭《きょうじん》で、魚のスープを連想させる。スープ・ド・ポワソン（魚のスープ）は大の好物だが、まだ出会っていない。ムール貝についで早く試したい皿である。

添えてあるのは、マッシュポテトのように見えるが、舌にのせると味はセロリである。根セロリだろう。清楚《せいそ》な風合いが魚によく合う。

注文した前菜もスープもメインも、まずは食材がしっかりしていたと思い返し、調理は、見た眼にけれんはまったくないが、すこぶる念入りで、バランスと相俟《あいま》って充実の極致といえなくもない。三つの皿の組み合わせは悪くなかったと確かめ、達成感ともいえる満足感がある。

背後から声があった。振り返ると白い口髭が眼に入る。

「いかがでしたか」

「素晴らしいです」

男はテーブルの脇にまわってきて大きくうなずく。見下ろす眼が柔和である。

「デザートはいかがいたします」

「いや、コーヒーだけで」

「カリソンというお菓子はもうお試しで」

「知りません」

「ではお一つだけ。エクスの伝統菓子です」

それはアーモンドの味がした。先の尖《とが》った楕円形《だえんけい》の、小さな菓子である。

エクスの街を出る。

出る、つもりであった。カーナビがいたずら心を起こしたのかもしれない、車はまた市街へと舞い戻っていた。

それはまだいいのだが、突然予期しない事態に遭うことになった。

市街地へ戻った途端、おかしなことが起こっていた。

車の底で、ドンという音がし、車ごと突き上げられたような感覚があった。ブレーキを踏み、バックミラーで確かめると、直径三十センチほどの金属のポールが数本、いまきた道路から突き出ている。なにが起こったのかわからないまま、車を進めると、前方にも道を塞ぐようにポールが出ている。車の前後から封じ込められた恰好である。

擦《す》れ違う車を見ていると、近づくたびにポールは自然に道路に吸い込まれていく。通り過ぎるとまた突き出してくる。

ハタと気づく。運転席にカードのようなものが仕込まれているのではないか、あるいはドライバーが手にしてかざしているのかもわからない。レンタカーにそんなカードはない。借りるときにオフィスではなにも教えてくれなかった。

ポールは無情に道を塞《ふさ》いでいる。途方にくれる。ハザードランプを点《つ》ける。

それでも、出入りする車を見守るうち、妙案が浮かんだ。

業務用のバンが一台通りかかる。急いで車を出し、すぐ背後にぴたりとつく。バンが、下がったポールを踏んで前進し、ポールが再び上がるまえに、あたかも一台のフリをしていっしょに通過する。

無事に市街を出る。ほくそえみ、胸をなでおろす。
カーナビを、カシという港町にセットし直す。
エクスの郊外をしばらく走り、高速道路にのる。

スープ・ド・ポワソンと海が見えるB&B

カシ

高速道路は緩いカーブを重ねながら南下していく。

エクスから地中海沿岸の港町カシまで六十キロあまり、約一時間と少し。今回高速道路を使う移動では最も長い。

高架になると快晴の空はいっそうひろくなり、遠くには山の端《は》が霞《かす》んでいる。窓外に風の気配はなく、陽《ひ》が眩《まぶ》しい。車の流れはスムーズである。

カーステレオに、オールマン・ブラザースの切なくも景気のいい曲を、アイフォンから繋《つな》ぐ。しばらくは心地よいドライブを愉《たの》しむことにする。ヴォリュームを上げる。ロックといえばもっぱら一九六〇〜七〇年代のバンドである。せいぜい一九八〇年代までで以降はあまり近しくない。

いちばんハマったのはご多分に洩《も》れずドアーズである。パリにいくたびにジム・モリソンの墓に寄る。このロック歌手が時代とともにあり、その早い死が時代の区切りになったようなところはたしかにある。

「27クラブ」という妙なリストがあるらしい。二十七歳で死んだミュージシャンを中心にした一覧で、十九世紀末から百二十年ほどのあいだに六十人ほどの名前があり、ほとんど事故死か自殺である。一九七〇年にはジャニス・ジョプリンやジミ・ヘンドリックスが死に、一九七一年にはジム・モリソンがパリで死んだ。新宿を抜け出して旅に出たのはその直後である。そのことに、ミュージシャンたちの死は関係ない。しかし個人的には、なにかに封じ込められたような一九六〇年代が終わり、先が見えない一九七〇年代が始まってしまい、どこか旅にでも出るほかないというような、軽く切羽詰まった思いはあり、その気分に同年代のロックミュージシャンたちの死が漠然とリンクしていたような記憶はある。

オールマン・ブラザースにさほどの思い入れはないが、当時から聴きなれたバンドではある。演奏のスピード感が走る気分によく合っている。

高速道路は、方向を示す標識にマルセイユの文字がめだってくる。マルセイユで降りるつもりはない。パリへ戻るときに寄る予定で、いまは街を掠《かす》めるだけ、しばらくすればカシの降り口が見えてくるはずである。

カーステレオのヴォリュームをさらに上げ、追い越し車線に入る。その直後である、マルセイユの手前で、快適な気分がいきなり寸断された。

寸断したのは料金所である。

なんの注意も払わずに、数レーンあるその一つに滑り込んだ。

料金を払おうとクレジットカードを取り出したが、それを挿入したりかざしたりするカードリーダーの装置がない。下りたままのバーはびくとも動かない。バックミラーに、後続の車が同じレーンに入ってくるのが映る。カードの装置を探すがどこにもない。慌てる。車をおりる。後ろに二台、三台と車が溜《た》まってくる。それへ、両手をひろげ、バーが上がらないと合図するが、むこうも両手をひろげるばかりである。ようやく、レーンを間違えたのだと気づく。日本でいうＥＴＣ（通行料自動支払い）のレーンに入ってしまったらしい。汗が噴き出る。そのとき、どこかに据えられてあるらしいスピーカーから声が響いた。

「どうしたんだ」

といっている。

「レーンを間違えたようだ」

大声で答える。

「現金で払うか、それともクレジットカードにするか」

「クレジットカード」

「カードの情報を知りたい」

単調で事務的なものいいで、カード番号や名義、有効期限などを訊《き》いてくる。それに答えると、しばらく間があってから、無言のままいきなりバーが上がった。

車を出し、額の汗を拭《ぬぐ》う。カーステレオを一旦切り、窓から風を入れる。やれやれとひと息つく。

次の料金所で判明したのだが、レーンの上部にtの表示があるのが日本のETCにあたり、表示がなければ現金かクレジットカードで支払うレーンのようである。旧市街の道路からニュッと現われる通行止めのポールといい、フランスの道路もなかなか意地悪なところがある。

カシで降りるまでのあいだに、意地悪な事態がまた一つ生じた。

道路沿いのガソリンスタンドにガソリンがない、という信じがたい事態である。

満タンで走り始めたからまだ余裕はあるが、知らない土地である、早めに入れるに越したことはない。スタンドに寄った。

最初は、セルフサーヴィスなので手順を間違えたのかと思い、何度か試したがやはり給油スタンドは空である。車のタンクに残量の余裕があったからよいものの、なければまたどっと汗をかくところである。あとでわかったのだが、ガソリン会社がストライキに入っていたのだという。油断も隙《すき》もあったものではない。

茫然《ぼうぜん》としたり、やれやれと思ったり、という事態は旅のあいだ何度あるかわからない。とりわけ車の旅にはつきものといってよい。

昔、中古のボロ車で旅をしていたころは、日々車との格闘であった。走行距離計が振りきれたままなので、いったい何万キロ走ったのかわからないという代物。サイドブレーキは利かず、ワイパーは動かず、タイヤは擦り減ってツルツルという車である。直せばいいようなものだが、金は使いたくない。アフリカへいったらバックにギアが入らない車があるとか、ドアが外れたまま走っているとか聞けば、このままでなんとかなるだろうと思ってしまう。しかし坂道発進にさんざん苦労し、雨が降れば路肩でいつまでもやむのを待ち、スリップして谷底へ転落しそうになり、山道を上るたびにオーバーヒートしてボンネットから蒸気を噴き上げるといったありさまである。

トルコでは、劣化したマフラーが折れて曳《ひ》きずった。

もっともこのときは、不思議なことが起こった。

内陸のアンカラ近く、農村地帯でのことである。

夏の陽盛りのなか、車を停《と》めた。

どこまでも畑がひろがる平野の真ん中、一本道である。人家も人影も見えず、いきかう車もない。

途方にくれてためいきをついたが、ふと遠くに、小さな黒い影が動くのが見えた。よく見ると自転車にのった男である。少しずつ近づいてくる。やがて車のところまでくると、男はこちらの顔を見もせず、なにもいわず、ゆっくりした動作で自転車を降りた。小柄で、瘦《や》せて日に焼け、着古した青いジャンパー姿である。車のところで屈《かが》み込み、頭を地面につけるように傾《かし》げ、底を覗《のぞ》く。マフラーが折れているのを眼《め》にし、立ち上がり、自転車のところへいく。

自転車の荷台には、準備してきたとでもいうように、工具などを入れる金属の箱が括《くく》りつけてあり、男は蓋《ふた》を開け、大きなドライバーやらペンチやら針金やらを取り出す。その間、ずっと無言である。

あっけにとられて眺めていると、男はさっさと仰向《あおむ》けに車の下へ潜り込んだ。しばらくして這《は》い出し、黙々と工具を自転車の箱へ戻す。車の底を覗いてみると、応急措置ではあるが、マフラーはしっかりと取りつけられている。わけがわからないが「ありがとう」と初めて男に声を遣《や》った。男はうなずくわけでもなく、無表情に自転車に跨《また》がり、ハンドルをまわして向きを変え、そのままぐいと漕《こ》いで、きた道を引き返していく。茫然と見送る。中天の陽のなか、白い道にくっきりと影を落とした男と自転車が、陽炎《かげろう》のように遠ざかって消えた。

夢をみたわけではない。現実に起こったことである。説明は不可能である。あれはなんだったのか、いまもわからない。

高速道路を降りて、カシの街へ入る。

カーナビを頼りに、狭いがよく整備された坂道を曲がりくねって上る。

宿泊は、眺めがいいというB＆Bを予約してある。

住宅街の一軒に辿《たど》り着く。

オーナーのエリックが迎えに出て、敷地内の四台ほど置けるスペースに車を誘導してくれる。五十がらみで笑顔が柔和である。妻のサビーヌも穏やかな笑みを浮かべて玄関を出てくる。

小高い丘のうえの三階建て。

案内された部屋はモダンですっきりと端正、白い壁とグレーの床に赤いカーテンが映えている。よく手入れされた邸宅に招かれたとでもいう感じで、ひろい客間にベッドやシャワーや簡単なキッチンが整えられているという趣。白い格子の窓からは、街の家並み越しに海が見える。ひろいベランダにはテーブルと椅子《いす》。見下ろせば庭の緑に囲まれてプールがあり、水面《みなも》に光が揺らいでいる。プールサイドには四脚ほどのデッキチェア。客室五つほどの、瀟洒《しょうしゃ》なB＆Bである。

カシは、波の静かな湾の奥にある。

プロヴァンスのどこかに小さな港町はないか、旨《うま》いレストランでもみつけてのんびり滞在したい、と探した街がここである。

港には、小舟がびっしりと並んで停泊している。それを囲むように石畳の広場があり、十軒ほどのレストランやカフェが、思いおもいにテラス席を食《は》み出させ、広場は恰好《かっこう》の散策路にもなっている。

ここを中心に街がひろがり、路地には大小のショップやレストラン、カフェが混み合っている。港から遠ざかるにつれて坂になり、やがて商店街が終わり、建て込んだ高級住宅街が山肌を這い上がる。ビルはなく、いずれも二、三階の部屋からは海が望めようというロケーション。坂はそうそう急ではないが、なだらかでもない。港まで下れば十分のところを上ると十五分近くかかる、という勾配《こうばい》である。

泊まるのはこぢんまりしたホテル、というのも思惑通りである。

一週間近く滞在する予定なので荷物を解《ほど》き、着衣などをクローゼットに収め、少しくつろぐと日が傾いている。階下のサロンに下り、オーナー夫妻に、メールで予約を頼んであったレストランのスケジュールなどを確かめる。

最初の夕食は、魚介料理店で、ＳＮＳで探し、メールにリストアップしたら夫妻もまたこの店を推奨した。推奨であって、いうまでもなく保証ではない。

余談になるが、あの店がいいこの店がいいというハナシは、オススメではあってもアテになるものではない。ＳＮＳはもとより、たとえばあのミシュランといえども同じようなもの。個人的な意見をいえば、ミシュランの日本版で選出された和食店などは議論にもならないとしても、参考になりそうなのはフランスにあるフランス料理店くらいで、それも二ツ星以上の店。ミシュランともなると、三ツ星のフランス料理店が二ツ星に落ちるのではないかとシェフが自殺を図るというほどの権威で、このレベルになれば選ぶほうの気合もプライドも違うだろう。とはいえ、それだって実際に食べてみるまではわからない。

じつをいうと、この年フランスで新たに三ツ星を取ったフランス料理店二軒のうち一軒が、このカシに出現した。カシにいくと決めてすぐに予約を試みたがすでに満席であった。さすがミシュランである。ちょっと歯噛《はが》みする思いだが、それでも、同じ建物にセカンド店があり、やはり人気が高いというのでこちらのほうの予約はした。この街最後の夜である。

今夜のシェ・ギルバートという魚介料理店は、ＳＮＳではスープ・ド・ポワソン、魚のスープがしきりに口の端に上っている。この店を選んだ理由はその一点である。

「店は、港に下りればすぐにわかります」

日が暮れかかった坂を、港方面の雲がオレンジ色に染まってくるのを眺めながら下る。

めざすはスープ・ド・ポワソンである。逢《あ》いにいく、というような心持ちである。

これは、簡単には、ブイヤベースのスープといえばよいか。スープ・ド・ポワソンのなかに調理した魚介類を入れた料理がブイヤベースで、一般にはスープと具が別々に供される。なんどかブイヤベースを試したことがあるが、じつはいつも苦しい思いをする。魚を食べ続けることに飽きてくるのである。具だけで満腹もし、しまいにはスープの味がわからなくなるといった始末。胃と舌のご機嫌にもよるが、スープ・ド・ポワソンだけで十分である。

ブイヤベースは、周知のように世界三大スープの一つ。ふかひれスープ、トムヤムクン、ボルシチ、それにブイヤベースのなかの三つだそうだ。なぜ四種類なのか。三つときっぱり絞り込めなかったのは、なんだか食い意地が張っている感じだが、これ以外にも世界各国の料理が誇るスープはいくらでもある。味噌汁《みそしる》だって、和食の割烹《かっぽう》が競う椀《わん》だって、まぎれもないスープである。本格的なコンソメなどはスープの白眉《はくび》かと思うが、ウミガメのスープや燕《つばめ》の巣のスープ、ヤマドリのスープなど、舌が記憶するスープを数えればきりがない。トムヤムクンなどは、バンコクの店を何軒食べ歩いたかわからない。店によってそれぞれ違うのだが、具がよく、コクや辛みや酸味のバランスが完璧《かんぺき》と思わせるほどの店はめったにあるものではない。ふかひれスープやボルシチなども、これぞ世界最高という絶品に一度逢ってみたいものだと思う。プロヴァンスの地中海沿岸でスープ、となればブイヤベースに決まっているが、そのメッカはいうまでもなくマルセイユ。ここカシは車で三十分ほどの距離、本場の一角といってもよいはずである。

今宵《こよい》のレストランは、広場に面して中央あたりにあった。

広場に置かれた三十卓ほどもあるテラス席から店の奥の奥までテーブルが並び、そのむこうに厨房《ちゅうぼう》が控えているようである。サーヴィスのスタッフは数人。

テラス席に座る。すぐそこが港で、生温《なまぬる》い風に潮の匂《にお》いが混じる。ときどき小舟の下でたぷりと波の音がする。港が黄昏《たそが》れ始め、空の雲が濃い赤に染まる。街灯が灯《とも》り、散策の人出が多くなる。テーブルクロスのうえで、丸いガラスの容器に入ったキャンドルの灯《ひ》が揺らぐ。

スープ・ド・ポワソンが、大振りの白い皿に、サーヴィスの男の手にした大きな鍋《なべ》から注がれる。

いかにもコクをしっかり溜め込んだとでもいう、どろりとした茶色のスープは、表面にほのかな脂が浮き、微細な光を泳がせている。

別のスタッフが、小皿を三つ持ってくる。小さく薄く切ったバゲットと、削ったチーズ、それにマヨネーズのようなソースで、これはルイユといい、簡単にいえば、ニンニクのソースにオリーヴオイルや卵黄やペッパーを加え和《あ》えたもの。これを塗ったバゲットを、チーズとともにスープに浮かべるのが食べ方であるが、まずはスープだけを掬《すく》う。

口に運び、そっと舌にのせる。

待っていた味蕾《みらい》が一斉に立ち上がる。それへ厚ぼったい豊沃《ほうよく》なスープが絡みつく。すぐさま旨味が押し寄せる。

だしぬけの濃い旨味に、舌が驚く。旨味が触感よりもさきに刺激してくる。野菜と魚介の旨味が雑味を排して合体し、雅致に富みつつ、太く逞《たくま》しく精悍《せいかん》である。旨味が、頂点をめざし成人している。

眼をとじる。

口壁いっぱいにまわすと、ふとスープが含み笑いをする。雄勁《ゆうけい》なまま肌合いが柔らかくなり、口中の細かな皺《しわ》のすみずみまで沁《し》みわたる。

舌がスープを迎え、貪欲にじわじわと丸く膨れ上がっている。スープと舌はまるで、待ちに待った逢瀬《おうせ》を愉しむかのようである。密室で待ち合わせ、相手の体温を感じつつ寄り添い、ともに猥褻《わいせつ》な匂いを放つとでもいうような趣。初心《うぶ》な恋人というよりは狎《な》れ合った愛人同士である。スープが柔媚《にゅうび》な床上手《とこじょうず》の情婦ならば、舌は翻弄《ほんろう》され昂揚《こうよう》する男。女が感極まり、放埒《ほうらつ》になってほどけると、奥に抱え込んでいた深い情のようなコクが露《あら》わになる。コクは獰猛《どうもう》といってよいほど容赦がないので、男には刺激が性急すぎて、危うく渋みや苦みの味蕾まで犯されそうになる。あまり情の深い女はしばしば危険。男は思わず取り乱し、喘《あえ》ぎ、気を失いかける。それほど奥行のほどが知れない、豊満で充実したスープといってよさそうである。

ブリア＝サヴァランは『美味礼讃《らいさん》』（玉村豊男《たまむらとよお》編訳・解説）で、人は食べれば眠り、眼覚めれば性愛に耽《ふけ》るものだといい、味覚と性感はともに種《しゅ》の存続を保証するのだというが、愛人たちはそれほど律儀ではない。性愛は種には関係なく、むしろ余計な困りもので、欲しいのは一途に刹那的《せつなてき》な快楽のみ。

一方やや飛躍するが、ご存知『徒然草《つれづれぐさ》』では、兼好法師《けんこうほうし》が男女の機微にも及び、男と女はただひたすらに逢って一夜を過ごせばよいというわけではなかろう、逢えない相手を思いやったりすることこそほんとうの色好みだよというが、美食の部屋はそれほどストイックではない。一期一会、噎《む》せるような一夜こそ至上、というものである。

スープ・ド・ポワソンの材料は、玉葱《たまねぎ》、ポロネギ、ニンジン、セロリ、トマト、ニンニクなどの野菜と、さまざまな魚介類、それにサフラン、ローリエ、タイムなどのハーブで、調理は、炒《いた》めて、煮て、潰《つぶ》して、濾《こ》して、の手間ひまをかける。最強の調理は、野菜のグルタミン酸と魚介のイノシン酸が一対一の割合だといい、これが螺旋《らせん》状《じょう》に絡み合って格別の旨味を曳きずり出す。ものの本によれば、グルタミン酸は母乳に含まれ、人が生まれて初めて舌にのせるのはこの旨味なのだという。道理で密室に立ち籠《こ》めてきたのは、女の胸の柔肌が発散する匂いであったか。

スープを、しばらく喉に溜めて味わい、奥へ滑らせる。

眼をひらく。

海風が顔を嬲《なぶ》る。広場のざわめきが耳に届く。テーブルのすぐそこを、散策する人が通る。テラス席から客が埋まっている。

スープにチーズを散らし、バゲットにルイユを塗って浮かべながら、旨いと呻《うめ》く。

この店のスープ・ド・ポワソンは、予想を超えて、頂上に片手を掛けそうなのである。今回の旅の最初にしては、いい出会いをしたといってよい。


プールサイドのデッキチェアでビールを飲み、しばらくうたた寝をする。

人の気配に眼をひらくと、隣のデッキチェアにオーナーのエリックが腰をおろしている。

「気分はいかがですか」

「問題ないですね。天気はいいし、風はないし、静かだし、ビールを飲む以外にすることはありません。完璧ですよ」

「カランクにでもいったらいかがですか。カシの名所、素敵な入り江のことです。断《だん》崖《がい》絶壁の絶景ですよ。港から遊覧船が出ています」

「明日か、明後日《あさって》にでも。でもこうやってなにもしないのがいちばん」

エリックはなにかいいたそうにするが、小さくうなずいて微笑する。

入り江には、いってもよいがいかなくてもよい。気が向けば、のことである。食べることとのんびりすること以外、この街ではとくに目的も興味もない。

「徒然なるままに」である。もとより旅そのものが、そこから始まっている。兼好法師は、とくにすることもないままに、よしなしごとをそこはかとなく「書き」始める。書くと様子が変わってくる。「あやしうこそ物狂ほしけれ」となる。妙におかしな心持ちになる、そういう時間が始まる。書くという行為によって、流れる時間の質が変わってくる、ということだろう。

旅も同じである。生活を一旦停止して、そこはかとなく「旅」を始める。目的はとくにない。旅の語源は、他日《たび》とか他火《たび》、外辺《たび》などと書き、家を出ることだという。馴《な》染《じ》んだ生活の場から、旅の場へと移行する。空気が変わる。なにやら物狂ほしくなる。旅は日常から脱した非日常だというが、それは時間の質が変わる、ということにほかならない。旅特有の時間である。旅によって立ち上がり確保された時間。そのなかにいるだけで過不足がないから、とくになにをする必要もない。旅のなかの「徒然なるままに」は心地よいのである。旅とはそういうものだと思っている。

「コーヒーでもいかがですか」

「あとでいただきます」

「私がいなかったらサビーヌに声をかけてください。厨房にいます」

夫妻はあまり顔を見せないが、会えば静かな笑みを絶やさず、穏やかな人柄があふれている。このB&Bのホスピタリティは素晴らしい。部屋はよく整えられているし、冷蔵庫の水はいつも補充されている。なによりもアットホームである。

「明日の朝もゆっくりですか」

エリックは朝食のことを訊いている。

「やはり九時ごろがいいですね」

二階の部屋から下りて、一階のひろいスペースで食べる。一面のガラスの扉は開け放してある。海が見え、澄んだ風が入る。

夫妻が積極的に客に接するのは朝食のときだけである。サビーヌが用意する。自然派で、食材へのこだわりが好ましい。

バゲット、バター、チーズ、ジャム、蜂蜜《はちみつ》、ジュース、コーヒー、紅茶、それにヨーグルトとシリアル、卵料理にソーセージやベーコン、フルーツといったところだが、全体に手作りが基本。とりわけシリアルがいい。オーツ麦がベースで、香ばしい穀物が数種類、それに砕いたナッツの味が濃い。食感は硬めで、ヨーグルトに混ぜてもいいが、蜂蜜を掛けてそのまま食べるとすこぶる旨い。ジュースはオレンジ、リンゴ、ニンジンなどいずれもフレッシュだし、ジャムも手製で数種類出てくる。卵料理はオムレツや目玉焼きなど好みで注文し、皿の脇《わき》にはオリーヴオイルを掛け塩を振ったグリーントマト。ソーセージやベーコンは毎日種類が変わるようだ。ハーブの効いたソーセージが美味である。フルーツはマスカットやリンゴ、イチゴ、キウイなど種類が多い。

テーブルに運ぶのはエリックの仕事である。

「とても豊かな朝食で幸せですよ」

声をかけると、

「サビーヌの趣味なんです」

と笑う。

サビーヌはときどき厨房から顔を出す。

「これ、なんだかわかりますか」

タッパーウェアの蓋をひらく。「味噌です。フランスでつくっているんですよ。家族にはなんでも食べさせるんです。健康的でおいしいものをね」

コーヒーのおかわりをしながら、片付けが終わったエリックに訊《たず》ねる。

「B&Bを始めてどのくらいですか」

「この家を手に入れて改装したのが、数年前です。それまではアパレルの製造工場をやっていたんですが、五十歳になってぜんぶやめました。おかげでストレスもなく、すっかり健康になりました」

朝食後の緩い時間が過ぎていく。

午後はプールサイドで過ごすか、港へ散歩に下りるかである。広場沿いのカフェで文庫本でも読み、空腹を感じたら軽食を摂《と》ればよい。

それで退屈をすることもないが、じつは一つだけ、思惑が外れている、と思わないでもない。

小さな港町で、と考えたとき、なんとなく鄙《ひな》びた漁港をイメージしていた。ところがこの街は、想像以上に観光客が多い。観《み》るところといえば、絶景とエリックがすすめる入り江くらいのようだし、ビーチはあるもののいまは季節外れである。それでも街の賑《にぎ》わいは鄙びた風情《ふぜい》とはほど遠い。建ち並んで繁盛《はんじょう》するレストランも、客の多くは観光客である。

しかし、と思い直す。鄙びた漁港に、あのように旨いスープ・ド・ポワソンを食べさせるようなレストランがあるだろうか。観光客の人気が高いゆえに、何十軒ものレストランが競い合い旨い皿を出すようになるのではないか。腕利きの料理人だって集まってくるだろう。SNSの情報が活発なのも観光客の多い街ゆえであろう。鄙びていて、かつ旨いレストランでもみつけて、というのは身勝手な思いのようである。賑やかで艶《つや》のある街でなければ、港に面したカフェのほどよい時間も望めないにちがいない。

ないものねだりと諦《あきら》めてためいきをつく思いであるが、そんな気分を払拭《ふっしょく》してくれたのは、ほかでもない、狭い路地の小体なレストランであった。

旨いレストランでもあれば、と頭に描いていたのは、たとえば家族経営で気楽な食堂とでもいうところであるが、まさしくそういう店が港の裏通りにひっそりと佇《たたず》んでいたのである。カシの滞在もあと二日という日の夕食である。エリックとサビーヌがすすめてくれた。

マリーの食卓、という名前のレストランである。

店内に六席ほど、外にテラス席が三つ。ほとんど満席で、半数以上が地元客である。初老の夫婦が二人でやっている。シェフは夫人のほうである。マリーさんというのだろう。フロアを担当している長身の男が夫である。

男は無表情で笑み一つ浮かべるわけではないが、ひどく饒舌《じょうぜつ》である。メニューを見ると、前菜はブッラータチーズをレモン風味のフェンネル（ウイキョウ）とともに、

とかイワシのファルシー（詰め物）にリコッタチーズとミントとか、簡単に食材を並べただけなのだが、男は、

「フェンネル、とだけ書いてありますがね、ほかにもトレビスとかルッコラ、チコリ、レッド・ロメインなどたくさんの野菜を使っています。それにフライパンで焼いたプチトマトとかもね」

屈み込んで説明する。

「野菜を食べたいと思っていたんです」

相槌《あいづち》を打つと、

「じゃあ、野菜をたっぷりにしましょう。サラダのうえにブッラータをのせて、バルサミコを煮詰めたソースで、という料理なんですがね。メニューはほとんど自家製で手作りばかりですからね、おいしいですよ。うちはイタリアンがベースだから、バターはあまり使わない。軽いです。でもバルサミコだってチーズやオリーヴオイルだって、イタリアから本物を仕入れています。前菜はこれにしたらいかがでしょう」

「それにしましょう」

「あ、そのまえにアミューズをお持ちします。メインのご説明はそれからにします」

アミューズは、キノコのカナッペ。

小さく薄く切ったバゲットにクリームチーズを塗り、そのうえにローストしたマッ

シュルーム、さらに細かく刻んだルッコラがのっている。白いベシャメルソースがとろりと掛かっている。口に含むと、クリームチーズはほのかにニンニクや玉葱の香りがし、それにソースの甘みとキノコの旨味がルッコラの軽い苦みとともに溶け合い、素朴で気取りのない味わいである。優しい風合いといえばよいか。旨味が尾を曳いて喉へ抜ける。

男がテーブルのあいだを抜けてくる。

「ワインは白にしますか、赤ですか。それとも」

「シャンパンをグラスで」

「ではおいしいのをお持ちしましょう。さてメインですが」

「お願いします」

「最初のは漁師風のリゾット。これは魚介のスープで炊くリゾットです。日によって魚介は替わるんですが、今日はエビとかイカとかムール貝とかを使っています。どっさりのっていますよ。量は調節できますけどね。その次のメニューはトマトのスパゲティ。シンプルですがモッツァレラも使っていましてね。トマトソースは、もちろん自家製ですよ。甘くなくて、ちょっと酸味もあってとてもおいしいソースです。食べ飽きません。最後は手作りの生パスタで、コンキリエ。貝殻の形をしたパスタですね。ソースはこちらもトマトです。味や量は、どれも注文ができます。まずい料理をといわれても困りますがね。たとえば唐辛子は抜きにしてほしい、とかですね。うちの厨房は柔軟なんです。いろいろいっていただいたほうが、私たちだって張り合いがあるってものです。さあ、メインはどうしますかね」

「迷いますね。おすすめはなんでしょう」

「ぜんぶです。ぜんぶ召し上がってもいいんですがね」

「今日のあなたなら、どれにしますか」

「私。私ならコンキリエかな。あ、これがいいかもしれないなあ。すごくおいしいです。妻に特別なのをお出しするようにいいますよ」

男は表情を変えないまま、片眼をつぶってみせる。

そのとき、男の背後のテーブルから声がかかった。

ドイツ人らしい四人家族の客である。小さな子供二人が肩を寄せ合って眠っている。

中年の婦人が、

「坂のうえのホテルへ帰るんですが、タクシーを呼んでいただけませんか。子供が眠ってしまって、歩けませんから」

男は振り返り、

「この街でタクシーを呼ぶのはむつかしいですよ。でも大丈夫。少し待っていただいたら、私がウチの車で送りますから」

夫婦は申し訳なさそうな顔をしながら、ほっと息をついている。

前菜は、たしかに野菜がたっぷりである。

ベビーリーフやパリッとしたロメインレタスなどさまざまな葉野菜をざっくりと盛った中央に、ブッラータの白い塊《かたま》りをのせ、ソテーしたトマトと玉葱が周りに置いてある。ブッラータのうえには十の字にイタリアンのグリッシーニ（スティック状のパン）を二本トッピング。

グリッシーニを指で摘《つ》まんで齧《かじ》ってから、ブッラータにナイフを入れ、クリーミーにとろりとしたのに野菜を絡ませて口に運ぶと、意外なほど旨い。葉野菜もトマトや玉葱も、味は甘みも苦みも隠さずにしっかりと濃く、それをバルサミコのソースの酸味よりも丸いコクが立って包み、バランスよく旨味を倍加する。イタリアのマンマの皿といったところか。あっというまに胃におさまる。

皿をさげにきた男に、赤ワインを頼む。

まだアミューズと前菜が終わったところだが、こんなレストランがいい、とうなずく。

調理は、見えないところで手が込んでいるものの、見た眼は二の次といったところで、経験豊かな手練《てだ》れが勢いよくさっとつくったという皿である。そのせいか、さあ召し上がれとでもいうような、家庭的なご招待、といった趣がある。

店のしつらえも、こぎれいではあるが、テーブルや椅子をはじめとくに気取ったところはなく、いかにも下町の食堂とでもいう風情が、気楽に食べるにはちょうどよい。味だの量だのが注文できるというのも悪くない。メニューのアレンジもわがままがいえそうである。この店があるだけでこの街はよい、と思わせるような、そんなレストランである。

メインのコンキリエ。

ずいぶんと大きなパスタである。知っているのは親指くらいのものだが、出てきたのは拳《こぶし》ほどもあろうかというサイズ。

「大きいですね」

思わずいうと、男は、

「こんなコンキリエもあるんです。なかに詰まっているものがお愉しみです。量は十分かと思いますがね、これで足りなかったら、肉とか魚とかなんでも追加したらいいでしょう」

といってから、後ろの客に、

「じゃあ、いきましょう」

と促した。

コンキリエは、大きな黄色い花弁のようである。赤いトマトソースのうえに五つ、放射状に咲いて並んでいる。その芯《しん》の部分には、軽く火を入れたトマトとズッキー二、それにバジルの葉が一枚、濃い緑が鮮やかなアクセントになっている。分厚い花弁に包まれているのは、白いリコッタチーズで、緑の斑点《はんてん》はバジルのソース、ジェノベーゼ。これはバジリコにニンニク、マツの実、パルミジャーノ・レッジャーノチーズ、オリーヴオイルなどを加えて攪拌《かくはん》し擂《す》り潰したイタリアンのソース。黒ずんだ細かな斑点も混じり、これは焦がしたカシューナッツやアーモンドなどの粉、それにペッパーだろう。ほかにそれぞれ調理したホウレン草とズッキーニ、カボチャが詰まっている。ずいぶんと華やかな色彩の皿である。オリーヴオイルがたっぷりと掛けまわしてある。

コンキリエにナイフを入れ輪切りにする。

柔らかい中身が崩れてあふれ出る。それにトマトピューレのようなソースを絡めて口に運ぶと、強い芳香《ほうこう》が鼻孔《びこう》を襲う。パルミジャーノ・レッジャーノのふくよかで刺激的な香りとリコッタの艶やかなミルクの香り、オリーヴオイルの香り、それをすぐにバジルとナッツの心地よい香ばしさが追いかけてくる。ほのかにオリエントな風味が揺らぐのはナツメグか。ニンニクとハーブの香りもどこかにひそんでいる。香りのもとはそのまま旨味で、パスタの生地にも品のよい甘い香りが丁寧に練り込んである。

トマトソースは甘みよりうっすらとした酸味が立ち、味をぬかりなくガードする。まとめて咀嚼《そしやく》する。これでもかという旨味が口いっぱいに立ち籠《こ》める。舌は悲鳴を上げかけている。

見た眼からは想像もつかない、豊潤な味の爆発が起き、どうだと舌に迫っている。口中に気をまわして探れば、ねっとりとしたチーズとバジル、ナッツとペッパー、それに野菜の、見事に堂々と調和を極めた風味が、舌の表裏と左右を丸ごと支配しているのがわかる。

料理人はまだ奥から顔を見せないが、その腕前は撓《しな》りながら舌に突きつけられている。女の細腕などというヤワなものではない。剛腕である。舌はほとんど呆《あき》れている。もはやマンマの味とか下町の皿などとは到底呼べない、凛然《りんぜん》として優雅な料理である。

食べ終わり、グラスのワインを干すと、外から戻った男がテーブルにくる。

「どうでした。トマトソースがおいしかったでしょう」

「ソースもコンキリエも非常においしかったです。そう厨房に伝えてください」

男の口の端が小さく笑ったように見える。

人通りのない坂道をB＆Bへ戻りながら、この街もあと一日だと思い、この街はいい、と思う。白い街灯が静かである。

マリーの食卓から思いのほかの満足感をもらっている。一か月ほど滞在してもよいか、と思う。B&Bも申し分ない。明日は入り江に出かける気になるだろうか。それでもよいが、プールサイドや港のカフェで日がな過ごすのも悪くない。

しかし、坂を上りながら、頭の隅に一つ、小さな気がかりが膨らんでいる。足が思ったより疲れている。身体《からだ》が妙にだるい。

B&Bへ戻って熱を測ると、三十七度六分あった。

いやな予感がする。

コロナに感染したか、とつぶやく。

明日は別のレストランが予約してあり、明後日にはもう、次の街へ発《た》たなければいけないのだが。

発熱と白身魚とルノワール

カシ―カーニュ・シュル・メール

翌朝も、九時に階下の朝食に下りる。

B&Bのエリックとサビーヌに、あまり食欲がない、というと、

「じゃあクレープでも焼きましょうか。蜂蜜《はちみつ》でもジャムでもつけて召し上がったらどう」

サビーヌが厨房《ちゅうぼう》から声を寄こす。

「いいね。卵は、一個で簡単なスクランブルを」

エリックが、

「コーヒーですね」

ポットを傾けてくれる。

庭に向かってガラス戸を開け放したサロンから、糸杉や棕櫚《しゅろ》のあいだに、陽《ひ》に輝く海が見える。晴朗な光に抗《あらが》うように、体調がすっきりしない。

眼覚《めざ》めて熱を測ると、解熱剤が効かなかったのか、昨夜と同じ三十七度六分であった。

クレープを食べ、コーヒーを飲むあいだ、ずっと背に悪寒がある。

部屋へ戻る。

しばらく横になり、測ると熱は三十八度ある。まずいことになったと頭のなかで慌てる。悪寒は治まらない。いやな予感が走り込む。

今日予約してある夕食はキャンセルできない、としきりに思う。

いうまでもなく、予約した店だから食べるのは愉《たの》しみで、せっかくの機会を逃したくはない。それよりなにより、キャンセルは主義に反する、と思い込んでいる。約束を破ることになり、罪悪感のようなものがある。キャンセル料を払えばよいというものでもない。

予約は七時半である。

それに、明日はこの街を発《た》つことになっている。

B&Bの予約は今夜限りで、部屋には明日からべつの客がくるから、延泊はできない。ホテルを移るといってもどこか探す必要があり、それならば、明日は次のアンティーブという街に予約してあるのでそこへ移動すればよい。ただ、高速道路で約二時間の距離を運転することになる。

どう考えても、熱を下げるほかはない。

なんとか夜七時半の夕食には出かけたい。明日はすっきりして出発したい。

途方にくれている時間はない。熱を下げるには、たっぷり水分を摂《と》り汗をかくことである。

リュックを空にして背負い、街まで下りる。冷蔵庫の水だけでは足りない。多いほうがいい。スーパーマーケットで二リットル入りのペットボトルをリュックから食《は》み出すほど買う。

B&Bへの坂道を上ると、身体《からだ》がふらつく。

部屋に戻り、ポットで沸かして熱い湯を飲む。着られるだけ着込む。昨夜の解熱剤をロキソニンに替える。

ここ四十年近く、風邪《かぜ》で寝込んだことはない。高熱も出したことがない。いまも風邪の自覚はない。

やはりコロナ感染だろう。

まだ世界中蔓延《まんえん》のさなかである。用心してマスクは手放していないが、レストランやカフェでは当然外す。ここ数日間で入った店を思い起こせば、いずれもほとんど満員で、店員も客もマスクは着用していなかった。どの店でも感染の危険はあり、覚悟もなかったわけではない。それがついにきたということだろう。もっとも風邪でもコロナの感染でも処置は同じことで、ともあれ熱を下げることである。

ベッドの毛布のなかから、窓の枠に切り取られた晴れた空が見える。部屋のなかばかりが憂鬱《ゆううつ》に暗く病んでいる。

薬も熱い湯もすぐには効いてこない。

午後一時、熱は三十八度九分に上がっている。

湯を飲み続けるが、汗の気配はまったくない。身体の芯《しん》から熱を発している感覚があり、顔も手足も乾いて火照《ほて》り膨張しているようである。悪寒は身体中の皮膚を浸食している。

午後三時、三十九度六分。

三十九度を超すなど何十年ぶりのことだろうか。

筋肉が弛緩《しかん》してしまい身体がおそろしく鈍い。なんとかベッドの縁《へり》に摑《つか》まって立ち上がり、湯を沸かし、飲めるだけ飲む。

のろのろとベッドに這《は》い布団にくるまる。横になっても眩暈《めまい》がし、身体が自分のものではない。際限のないようにだるく、重心が失われ、宙に浮いたまま、全身の細胞という細胞が鈍く重い。

絶望的な気分が這い出してくる。あと四時間半後の食事は無理ではないか、それとも熱のまま出かけるのか、ここを頂点に下がればよいが、まだというなら早く上がりきってくれたほうがよい、そうしたら下がり始めるだろう、何度まで下がったら出かけるのか、四十度を超すのだろうか。つぶやきはとりとめがない。頭のなかが生温《なまぬる》くぬかるんでゆらゆらしている。手を握ってみるが厚ぼったく感覚がない。じっとしている。

しばらく夢をみたように思い、一瞬うなされた気もする。眼がひらかない。呼吸が荒いのを覚え、落ち着かせるつもりで、なにかを一心に考えようとしているのだが、焦点が定まらない。遠い日の記憶を辿《たど》ろうとしている。

そのうち、暗闇《くらやみ》が透けるように、旅先で高熱を出したことが一度ある、と思いいたる。

分厚い膜を被《かぶ》った頭の底から、ほの暗い灯《あか》りが瞬《また》くように記憶が蘇《よみがえ》ってくる。ゆっくりと、つぶさに思い出す。

アフガニスタンのカブールである。

この国の旅行がまだ自由だった時代のこと、貧乏旅行のさなかひどい熱を発し、場末の安宿の汚れたベッドに倒れ込んだ。

宿の客は地方から出てきたアフガニスタン人ばかりのようで、言葉はイエスもノーも通じない。お茶が飲みたくなり、チャイ、というとそれだけが通じた。喉《のど》が腫《は》れて痛く、少しずつ啜《すす》る。狭い部屋には窓がなく暗い裸電球がさがっているだけ。薄暗いなか、ベッドで蚤《のみ》が跳ねるのが見えるが、頭が腐食していてそれに驚くほどの力もない。全身にひろがっていく激しい痒《かゆ》みを、拷問のようだと思う。疲労のなかで気を失うように泥の眠りに誘われ、猛烈な痒みでうっすらと意識が戻る。

お茶とビスケット以外は口に入れず五日間ほどそうしていただろうか。痒みが痛みに変わり、高熱のなかで、世界の果てにでもいるような気がする。果ての、知らない街の暗がりのなかに、旅からも逸脱して迷い込んでしまった。朦朧《もうろう》とした頭で、このまま死ぬのかと半ば本気で思う。いつ洗ったとも知れぬ毛布にミノムシみたいにくるまり、このまま萎《しな》びて消えていくような気がする。消えてしまってよいかとも思う。

思い起こすのは、インドのベナレスで見たガンジス河の光景である。いくつもの死体が、顔まですっぽり布に包まれ河畔に横たわっている。

ネパールのカトマンズから、鉄道やバスを使ってインドやパキスタンの街々を経由し、アフガニスタンに入っていたのだった。

ベナレスには十日あまりいただろうか。河畔にある火葬場で人の身体が焼けるのを眺めた。

白々と夜が明け始めるなか、ホテルから、リキシャでガンジス河のガートと呼ばれる沐浴場《もくよくじょう》へ急ぐ。

道をいく人の影がしだいに増えてくる。ガートへ向かっている。

ガートのすぐ手前に広場がある。

人が群れている。物乞《ものご》いたちが長い列をつくって座り込んでいる。

リキシャに待ってもらい、角にある小さな店で、ヒッピーのあいだではたんにバナナ・ジュースと呼ばれるタンダイというマリワナ入りのジュースを、朝食代わりに飲む。さらにハシシという、大麻の樹液を圧縮し緑がかった茶色の板にしたものを砕き、タバコに詰めて吸う。カトマンズで手に入れてきた代物で、効き方がすこぶる強い。たちまち深く重くストーンドする。

ガートへ出る。

一帯は騒然と賑《にぎ》わっている。沐浴する人、河の水を汲《く》む人、石段に群れる人、薪《まき》を運ぶ人、死体を焼く人。男、女、老人、若者、子供、牛、犬、山羊《やぎ》。やがて陽が昇り、河面《かわも》に、河岸に、澄明な光が射《さ》し込む。

沐浴する人たちのすぐ脇《わき》に、火葬のスペースがある。

死体は、白い布を被って担架にのり河畔まで運ばれ、河の水に漬けられ、誰《だれ》に見守られるわけでもなく放置されたように、焼かれる順番を待つ。ときには数時間も置いである。薪が積まれ、そのうえに死体が置かれ、焼かれる。焼くのは専従の者たちで、焼き終わると、崩れた薪の真っ黒な炭といっしょくたになった黒い死体の屑《くず》は、笊《ざる》で掬《すく》われ下の河にざざっと捨てられる。河のなかには子供たちがいて焼け残った金目のものを漁《あさ》って拾う。子供たちは焼く者の家族である。このガートでは六十家族ほどが死体の世話をしているという。ガートに住居があり、非番の者は、火葬見物の観光客がのる幾艘《いくそう》ものボートを操っては金を稼いでいる。

火葬場で、死体が焼けるのを見る。

すぐ眼のまえで、薪の炎をかぶりながら死体が焼けていく。

火の熱を存分に顔に浴びる。人の焼ける生臭い匂《にお》いを嗅《か》ぐ。ハシシのせいで感覚が異常に肥大している。火の勢いも熱も、匂いもいっそう激しく感じられる。音も耳もとでごうごうと倍加する。死体は映画のスローモーションのようにごとんごとんと大きく揺れ、ゆるゆると焼ける。このところジョン・コルトレーンをよく聴いているせいで、サックスの音が耳の奥にあふれ噴き出してくる。『至上の愛』のメロディのなかで、ゆっくり死体が傾き、薪とともに崩れていく。

震えながら撥《は》ねる死体がふいに立ち上がる。直立し、こちらに向かって倒れてくる。炎を上げながら抱きついてくる。ハシシのしわざとはわかっている。イメージに頑固につかまり逃れられない。必死にもがくが、抱きついた死体が離れていかない。火が移る。死体といっしょに燃え始める。熱い。それが、心地よい。

ハシシは時間の流れも倍加するので、ずいぶんと長い時間見ている気持ちになり、二体も焼けるのを見るともう十分と思われる。ハシシのまじないが解けてくるのを潮に、火葬場を離れる。広場で待っていたリキシャの男と会い、ホテルへ引き返す。

戻る途中、道端で、大きな窯から白い湯気を立てて男が紅茶を売っている。窯を囲んだベンチに数人の客がいる。新聞を声を上げて読む客がおり、近くの客たちが耳を傾けている。小さなグラスに注がれた甘い紅茶は、朝の風といっしょに飲むという感じで、爽《さわ》やかに旨《うま》い。火葬を眺めた疲れが少し治まり、朝陽が身体に射し込む心地がする。

ベナレスにいるあいだ、憑《つ》かれたように毎朝ガートへ通った。

といっても、それによって人の死についてなにか考えようとしたわけではないし、むろんなにかを悟る気になったのでもない。焼ける死体を見る刺激に誘われたにすぎない。時間をもてあますような旅にとってはなかなかに刺激的な朝の光景なのである。

それでもそうやって毎日ガートへいき、死体が、河畔にモノのように置かれ、焼けて屑となり無造作に河に流されるのを眺めるうち、人の死は特別なことでもなんでもなく、ごく日常的なことなのだと思いしらされるような気がした。

ベナレスを発ってカブールの安宿に着くまで一か月と経《た》っていなかったように思う。

高熱のなかで、このまま死ぬかもしれないと思い、ふと死んでもよいように思ったその底には、ベナレスで知った死のイメージがたしかにあった。死はとりたてて怖いことではないというような無頼な気持ちが動いていたのかもわからない。

カブールの安宿と較《くら》べれば今回はずっとマシで、死ぬかもしれないなどと思うはずもなく、気楽といえば気楽なのだが、とはいえ、このまま高熱にうなされているわけにはいかない。今回は今回で問題は大きいのだ。昔のように時間に余裕のある旅ではない。数時間後には予約したレストランにいかなければならない。明日には街を出なければいけない。

カブールの安宿を思い出したあと、じっとしていると、一つの光景が脳裏に差し込んだ。アフガニスタンのバンデ・アミールという湖が煌《きら》めいている。夢をみているのか、思い出しているのか、さだかではない。

カブールから乗り合いトラックに揺られて六時間くらいか、標高約三千メートルの山岳地帯に忽然《こつぜん》と現われる湖。絶景だが、水の色が異様である。ちょうど質の悪い印刷の絵葉書によくあるような毒々しい青で、それをこってり溶かし込んだとでもいう湖面は、荒涼とした岩山が果てしなく続くなかで、断崖《だんがい》に囲まれ静まりかえっている。かつて、あのジンギスカンも馬の手綱を絞って見入ったという。

寒風に震えながら湖を眺めたのは、高熱を出すまえだったかあとだったか、よくわからない。ただ陽を浴びた青い湖の光景が一枚の絵のように脳裏に蘇《よみがえ》っている。

ぐっしょりと汗をかいたのは、午後四時を過ぎてからである。

時計を眺めて焦りながら、残っている身体の力を掻《か》き集め、湯を飲み続け、汗だくになった下着を替え続け、熱が退《ひ》くのを念じる。

すると、五時過ぎになってようやく、熱は三十八度八分に下がった。五時二十分には三十八度三分である。おやと思い、小さな希望が湧《わ》いて出る。

その後、熱は不思議と下がっていく。

急激に、下がる。

六時には三十七度八分、六時三十分には三十七度三分である。ずいぶんと身体が楽になる。起き出したいのを堪《こら》え、着替え、湯を飲む。

七時、測ると、驚くことに三十六度六分である。ほぼ平熱。頭の隅でまにあうと叫び、奇跡的と叫び、急いでシャワーを浴びる。

スーツに着替え、B&Bを出る。七時二十分である。これでまにあう。

折れ曲がった急な坂を下りる。

足もとがおぼつかない。身体がどうにもふわふわしている。一歩ずつ踏みしめるように、予約したレストラン、ラ・ブラスリー・デュ・コルトンへ向かう。

まにあうのが自分でも信じられない思いのなか、海の近くに白っぽい建物が見えてくる。道路沿いに客がのってきた車が思いおもいに停《と》まっている。石の階段を下りる。ドアに辿り着く。レストランは、ミシュランで三ツ星を取ったラ・ヴィラ・マディという店と同じ建物にある。

ほっと息をついて、ドアをひらく。

名前はブラスリーであるが、入ると、ほの暗い空間は予想を裏切ってずいぶんと高級な雰囲気を漂わせている。磨かれたフロアに、テーブルが間隔をあけて置かれ、白いテーブルクロスをほどよい間接照明が柔らかく包んでいる。満員の客はいずれもドレスアップし、静かに声を交わしている。

店内のその高級感に、つい背筋が伸ばされる。後頭部でぼんやり張っていた膜が捌《は》ける。少しずつ覚醒《かくせい》する。案内された席で両肘《りょうひじ》をつき、長い息を洩らす。頭を起こす。

サーヴィスの若い女がメニューを持ってくる。

水を頼み、白ワインをグラスで注文する。すっきりとフルーティなものを、と告げる。

アミューズから始まる。

真っ白な布のうえで、大きな白い皿が艶《つや》やかな磁器の肌に照明の光を撥ね、清楚《せいそ》な佇《たたず》まい。その真ん中にカラフルなアミューズがのっている。

干し鱈《だら》とポテト、トマトのペースト。

干し鱈は身を細かくほぐし、マッシュしたポテトとトマトのペーストに混ぜ合わせ、楕円形《だえんけい》の団子状にしてある。トマトの赤味をほんのり浮かせた表面には微細なグリーンのハーブが散り、ミントの葉が一枚あしらってある。軽く二口ほどのサイズ。

スプーンで切り、舌にのせ、歯と上顎《うわあご》で潰《つぶ》すと、思いもよらぬ濃い旨味があふれ出る。主役は明らかに干し鱈。イノシン酸とグルタミン酸がせめぎ合いつつ、旨味は勢いを増して迸《ほとばし》り、アミューズのその力強さは、ブラスリーでもやることはやりますよ、とでもいう厨房《ちゅうぼう》のメッセージかと思われる。舌のうえで白ワインを添えると、喉の奥へと深い甘みがひろがっていく。それが、発熱の疲労を一皮も二皮も剝《は》がす。

前菜は二つ。

一つ目は、ポルチーニ茸《だけ》とムール貝、半熟卵、クリームソース。

数片のポルチーニ茸といくつもの小粒のムール貝のうえに、卵をトッピングし、全体にクルトンが散らしてある。

皿が置かれた瞬間に充実した香りがテーブルを蔽《おお》い鼻孔《びこう》が占領される。キノコと貝の出汁《だし》が抱き合い、それをさらに豊満なクリームの泡が抱きかかえてあふれ出すというような、分厚く雄大な芳香《ほうこう》である。スプーンで卵を崩し、ポルチーニ茸とムール貝に纏《まと》わせて掬いいっしょに口に含むと、一気に旨味が噴き出し、キノコと貝はたちまち形を失うほどに柔らかい。舌のうえでとろけ、思わずうっとりとなる。頭の隅で、コロナの感染にしては味覚も嗅覚《きゆうかく》も問題なく正常、とひそかに安堵《あんど》する。

二つ目は、牛肉と生牡蠣《なまがき》。

二枚の牛肉はタルタルといってよいほどのほとんどレア。二ミリほどの厚さの二切れで、ほんの一秒か二秒だけそっと炙《あぶ》ってある。牡蠣も完全に生《な》まではなく、一刷《ひとは》け炙ってミディアムレア。両方にアイオリソースが掛かっている。これは、ニンニクと卵黄にオリーヴオイルやレモン汁、ペッパーなどを加えて、マヨネーズ風に練ったソース。ポテトチップスが添えてある。

牛肉と牡蠣、動物と魚介の組み合わせはどうかと思うが、ソースが不思議とどちらにも合う。牛肉はナイフを入れると断面が鮮やかな淡紅色。口に入れると、表面は温かいもののひんやりした感触。それにソースの微《かす》かな酸味とコクが絡み、オリーヴオイルとほのかなニンニクの香りがふわりとしながら、溶けてほどける生肉の旨味を味《み》蕾《らい》に誘《いざな》う。ウッと呻《うめ》くほどエロティックな味わいである。一方、牡蠣は、ふっくらと丸いところだけがほの温かい。海の底で滞留していた滋味が甘いさざ波となりたぷっと鳴って舌に届く。ソースは、酸味が肉よりも牡蠣のほうに作用しつつとろりと纏わりつき、牡蠣もまた涼やかで脆美《ぜいび》なエロティシズムを閃《ひらめ》かす。少しばかり色っぽい比《ひ》喩《ゆ》をすると、薄く赤くはかない風情《ふぜい》の肉が、ワインでほんのりと染まった女のうなじならば、牡蠣のほうは、のけぞった女の白い喉もと、とでもいうことになろうか。

メインは、アンコウとさまざまなキノコ、クリームソース。

ローストした白身の塊《かたま》りの下には、セップ、マッシュルーム、モリーユなどのキノコが、エシャロットやハーブなどとともに細かく刻まれ調理されて敷いてある。あしらいのグリーンはセリ科のハーブ、セルフィーユの数片。

出汁とソースがいい。全体に、泡立てた淡い黄色のソースが掛かっているが、その出汁が見事に濃厚に仕上がったスープ・ド・ポワソンそのもので、これがクリームと掛け合わせてある。香りと旨味が噴出し、ほとんど極点に達して至福といってよいソース。

それに絶妙なのは白身の魚の火入れ具合。生まから調理に変わるという、ギリギリのところまで火を入れ、寸止めの気合で抑えてある。それを一瞬だけ熱い油にくぐらせたのか、香ばしい匂いがほのかだが鋭く立つ。白い肉のうえに微かな朱色が浮いて美しい。スゴ技とでもいうべき、思いも寄らぬフレンチの皿である。この白身の魚によってキノコも野菜も、ソースのほうもまた存分に生きいきとしている。華やかに贅《ぜい》美《び》を尽くした皿といってよい。女ならば、うなじが赤く染まり、喉がさえざえと白く、そのうえ全身に滾《たぎ》る血潮に抗しきれず震えながら思わずしゃがみこんだ風情、ということになる。

エリックとサビーヌが見送りに出てくる。

いつかまた戻ってきます、といい、握手を交わす。

二人の笑顔を残して、車を出す。

カシから高速道路A52にのり、途中でA8にのる。

東へ、地中海沿いの街アンティーブに向かう。コート・ダ・ジュールの街。ここまで約百八十キロのあいだに、サン・トロぺやカンヌといった華やかで大きなリゾートタウンがあるが、そういう街は今回の旅にはふさわしくない。アンティーブもリゾートの街ではあるが規模は小さい。

昨夜下がった熱が、今朝になってぶり返している。三十七度二分。

微熱だが、コロナは、そうそう簡単に解放してはくれないようである。身体中がどんよりと鈍い。コロナ特有の倦怠感《けんたいかん》というのはこれかと思う。ハンドルに掛けた両腕に力が入らず重い。百八十キロを、遠いと感じる。車を走らせて次の街へ向かうのだから、少しは昂揚感《こうようかん》のようなものがあってもいいのだが、後頭部に鈍い憂鬱なものが溜《た》まっていて消えない。

もっともアンティーブは、日程のなかで休息の意味合いを持たせた街である。旅もそろそろ半ば、小さなビーチリゾートでひと息つければよいと思っていたのだが、図らずもコロナで発熱した身体を休める道程となったようである。

街に着いてみると、快晴のなかビーチには人出があるが、旧市街は想像どおりこぢんまりとし、ひっそりとしている。市場があり細い路地が入り組んでカフェやショップなどを見かけるものの、商店街と呼べるほどの賑やかな通りは見当たらない。

街から海に出たところの古い城のなかに、ピカソ美術館がある。一九四六年の秋、ピカソが二か月ほどだが街に滞在してこの城にアトリエを構え制作に励んだという。このときの作品を中心に展示がある。なかには陶芸の作品がめだち興味を惹《ひ》くが、これはアンティーブで制作された作品ではないらしい。一巡し、街を歩き、疲れを感じてホテルへ戻る。

この街ではレストランを予約していない。適当な店を探して食べる予定にしていたのだが、どうにも気分が弾まずおっくうなので、通りがかりの商店で水や牛乳、ワインとともにバゲットやハム、サラミ、チーズ、トマト、オレンジなどを買い込む。

予約したアパートメントホテルには、簡単なキッチンがついている。簡素なテーブルと椅子《いす》もある。ソファの類《たぐい》はなく、壁に絵や写真があるような部屋ではない。がらんと殺風景である。それでも、意外なことに大きな洗濯機がスペースをとって備わっている。洗濯物も溜まっているので、雑用などしながら、養生することに決め込む。二泊。微熱はなかなか治まらず、ホテルから一歩も出ずに、窓から見える陽盛りの海のむこうで時間が過ぎていく。

結局、熱はほぼ下がったもののくすぶりが取れないまま、倦怠感はそのままに、予定どおりアンティーブを出発し、カーニュ・シュル・メールという街へ向かう。一般道を約十一キロ、三十分とかからない距離である。

カーニュ・シュル・メール。

ニースの西にあるコート・ダ・ジュールの街。

街は旧市街と新市街とに分かれている。丘の頂上に城を構え、急斜面にびっしりオレンジ色の屋根が張りつき鷲《わし》の巣《す》村をつくる旧市街、その麓《ふもと》にひろがって住宅地や商業地をなし、地中海の入り江まで延びて、漁港や端正なビーチリゾートをつくる市街地。

画家ルノワールが、晩年を過ごした街である。

市街地の外れに、その丘がある。緑の濃い敷地に一家が住んだル・コレット荘という住居があり、ルノワール美術館を併設して公開されている。

車を向ける。

明るい南仏の陽を浴びて、緩やかな斜面の草地がひらけている。

ルノワールがパリからこの街に移ってきたのは、一九〇三年、六十二歳のときで、この丘に住んだのは六十七歳になった年である。温かい土地を求めたのはリューマチを病んだからで、一八九七年に自転車で転倒し右腕を骨折したことで発症した。しかし南仏の地は気に入ったものの病は癒《い》えず、眼の神経が麻痺《まひ》し、手はみるみる縮んで反り返った。

ジル・ブルドスという監督が撮った映画『ルノワール　陽だまりの裸婦』は、この時代のルノワールである。

映画は、最後のモデルの一人だったというアンドレ・ウシュランという若い女が、車椅子生活のルノワールをル・コレット荘に訪ねるシーンから始まる。

ルノワールは、映画のなかで、激しいリューマチの苦痛に耐え、動かない手に絵筆を縛りつけて描き続ける。ただ、映画にも登場する次男のジャン・ルノワールによれば（『わが父　ルノワール』栗津則雄《あわづのりお》訳）、実際は絵筆を縛りつけるどころか、皮膚が柔らかくなってしまい筆がこすれるだけで擦《す》り傷ができ、指は歪《ゆが》んで筆に巻きつくほどだったという。いまアトリエに飾られている写真にも、白い布を当てた痛々しい手が写っている。

それでもルノワールは、七十八歳で死ぬ直前まで描き続ける。すさまじい執念というむきもあろうが、おそらくそういういい方はふさわしくない。それよりルノワールにとって絵を描くことはなによりの愉しみで、生活そのものであった。絵を描くことでリューマチの苦痛がやわらぎもした。

「絵が描けていくのにまかせているのさ、絵のほうから私のところへやってくるんだ」

とルノワールはいう。

老いたルノワールの世話をするのは、かつてのモデルでありまた愛人でもあったらしい数人の家政婦たちである。

ジャンは回想する。「ルノワールは、女たちに囲まれていると、精神的にも肉体的にも、まったく晴れ晴れとしたのだ。男の声は彼を疲れさせた。女の声をきくと安らぎを覚えたのだ。彼は、女中たちに、自分が仕事をしている周りで、歌ったり、笑ったり、音をたてたりしてくれと頼んでいた。」「ルノワールとモデルたちは、いつも、荒っぽい冗談を飛ばしあっていた。彼は杖《つえ》をふりあげておどかしたりもした。彼女たちは身をよじって笑い転げながらソファの方へ逃げていったり、走りまわったりした。」

映画の女たちも賑やかで元気がいい。新しいモデルのアンドレもそのなかに加わっていく。

ジャンは、アンドレを見て「ルノワールが生涯のあいだに使ったどのモデルよりも、もっと光を吸いこむような肌をしていた。」という。また彼女は「相手の生命をかき立てるその花のような若々しさを、父にむかって発散していた。」「その最晩年のおどろくべき愛の叫びをキャンバスに定着するのを助けてくれた。」と。

アンドレは、最晩年の作品『浴女たち』のモデルの一人である。

ルノワール自身、こんなふうにいう。「私が好きなのは肌さ。若い娘の、薔薇色《ばらいろ》で、血が健康に経《へ》めぐっているのが眼に見えるような肌だね。」

ルノワールは、透明で眩《まぶ》しい光を暖かい色に変えてキャンバスに置いた画家である。映画のなかで「私の絵に暗い色は要らない、気持ちのよい愉快な色で描かれねばならぬ」とつぶやく。

ルノワールは、電灯の光を嫌い、自然の光のなかで描きたいともいった。

アトリエには、ふんだんに光を採り込めるよう、ガラス窓が大きくとってある。いまそこには、ルノワールが使った明るい赤や青や黄の顔料が展示され、外の光を吸っている。

開放された住居の居間には、絵具箱やパレットとともにルノワールが気に入っていたという車椅子が置いてあり、また不自由な身体を運ばせた、担架のように作られた椅子もある。

映画のなかで、陽気な家政婦たちは「暖かい太陽の下で描くことが好き」なルノワールのために、その担架の椅子に座らせて森のなかの清流を渡り、そのほとりでピクニックを始める。突風が吹き、長いスカートがめくれてはしゃぐ女たちを見て、ルノワールは、

「えもいわれぬ美しさ」

と嬉しそうに笑い、絵筆をとる。

晩年は、女たちの裸像を描くことが多かった。

描かれた女たちは、ことごとく輝いて見える。ルノワールは女たちから精気を注がれ、キャンバスの女たちに精気を注ぐ。

ジャンは書く。「苦痛が仮借ないものになればなるほど、ルノワールは更に絵に専心した。」

その絵から伝わってくるのは紛《まぎ》れもなく、あふれ出るようなルノワールの歓《よろこ》びである。画家の、うち震えるような心である。ルノワールの絵に感動するのは、柔らかな筆致や光り輝く色、繊細な美しさとともに、まさしくその心のゆえだろう。いつも気品に満ちてのびやかで、自由で明るい、奔放な素振りである。

老いたルノワールはいう。

「子供のような気持ちで描いているんだ」

そこには邪気も苦悩も理屈もない。

いま、ルノワールが衰弱した身体を温めたり、モデルをまえにして絵筆をとった草のうえに、うららかで柔らかい秋の陽が静かに降り注いでいる。ルノワールの絵のようである。ここに金色の光が射し込めば、絵そのものだろう。映画のなかで、家政婦たちが木漏れ日のなかルノワールを運び上げたり、夕日を浴びながら下りてきたりする丘である。

年輪を重ねたオリーヴやオレンジの木や灌木《かんぼく》が繁《しげ》っている。

むこうに、旧市街の丘や光る海が見える。

映像を追うように、草の斜面を上ったり下りたりしてみる。

ふと心が癒やされる思いがする。気のせいかコロナが残した憂鬱が少しばかり遠のく感じである。


パリ時代、ルノワールにはモネやアルフレッド・シスレー、カミーユ・ピサロ、エドガー・ドガなど多くの画家たちとの交流があり、セザンヌはたがいに認め合う終生の友人であった。

丘の家にも、多くの客が訪れたという。

ジャン・ルノワールは、老いた父親に会いにきた客たちは、魂と話をしているような思いがしたのではないか、という。

客のなかには、一九〇九年、日本からはるばる訪ねてきた梅原龍三郎《うめはらりゅうざぶろう》もいた。一九一九年の死の直前には、アメデオ・モディリアーニが訪れ、マティスが頻繁に会いにきている。

そのマティスが、晩年に造った有名な教会が、この街のすぐ北にあるという。

カーニュ・シュル・メールから車で約十五分、ヴァンスという街である。やはり北にある街サン・ポール・ド・ヴァンスとともに寄ってから、東のエズという街へ向かう。

ヴァンス―エズ

宵闇《よいやみ》のサバとマティスの教会

部屋から見えるのは、一面、空と海である。

シャトー・ドゥ・ラ・シェーブル・ドールというホテルは、地中海に面する断崖《だんがい》にへばりつくように建っているので、四十あまりの客室のほとんどはオーシャンヴューということになり、迫《せ》り出した庭園やプールや、カフェやレストランも、全部海に向いている。

ニースの東にあるエズの街は、見事な鷲《わし》の巣《す》村。うえからは四方を見渡せるが、麓《ふもと》から見上げても集落は見えないという、城砦《じょうさい》村として絶好の条件を備えている。観光地鷲の巣村としても最も人気の高い街の一つである。

ラ・シェーブル・ドールは、麓の駐車場からてっぺんの城跡近くまで、海抜約四百二十メートルの南面ほとんどを占めている。

もともとは一軒の別荘から始まって、レストランになり、オーベルジュになり、さらに建物を次々と買い占めては宿泊の部屋や施設へと増築し改装し、この規模にまで拡張したのだという。別棟同士の集合体だからホテルの内部を上下に貫くような階段もなければエスカレーターもない。客室の出入りには一般道の路地を使う。

駐車して荷物を預けてから、中腹にあるレセプションでチェックインするまでは、下方の崖《がけ》に沿ったスロープを歩くが、宿泊する部屋へいくには一旦《いったん》外に出、人がやっとすれ違えるほどの細い路地を通行人に交じって上る。年月を重ねた、それこそ中世の路地も、路地をつくる家々の壁も、無骨な石造である。折れ曲がり、石段に気を取られながら上り、重いドアをひらくと、一変してモダンな装いの部屋が眼《め》のまえにひろがっている。一枚の扉で突然タイムスリップする。

磨かれたウッディな床に絨毯《じゅうたん》、チョコレート色の壁に白い天井、ベッドのむこうにはテラス。

もっとも装いは部屋によってそれぞれ違うらしい。なかには海の見えない客室もあるようだが、それではこのホテルの魅力は半減してしまう。地中海と空が水平線で溶け合いつつ大手をひろげて迫っている光景は、部屋に入った途端、おおと息を呑《の》むほどである。はるかな眼下には弧を描く海岸線があり、それに沿って家々のオレンジ色の屋根が小さく見え、右手には街があり、その先に濃い緑の細い岬が沖へと這《は》い出している。ひろい空の下に、明るく眩《まぶ》しい光の夥《おびただ》しい粒子が跳ね、地中海の匂《にお》いが芳烈《ほうれつ》旺盛《おうせい》にあふれかえっている。テラスのデッキチェアにくつろぎ、輝く青い風景に呑まれながら、シャンパンのグラスでも手にすれば、誰《だれ》しもが上々の愉悦の瞬間と感じるにちがいない。

エズは小さな街である。

旧市街の丘は、一時間もあれば路地という路地を歩き尽くせるほどの規模で、路地は細かい網目のように市街を蔽《おお》っているので、歩けばたちまち迷うが、上りと下りとそれを繋《つな》ぐ筋しかないとわかれば、迷子から立ち直るのにそれほど苦労はしない。上下の路地は狭く急な石畳と石段で綴《つづ》られ、車は入ってこない。石の壁はあちこちで蔦《つた》に蔽われたり、壁から木が生え出したり、ジャスミンやハイビスカスの花が咲いたりして殺風景ではないし、石のトンネルなども多く変化に富み、瀟洒《しょうしゃ》なギャラリーやショップが建ち並ぶ界隈《かいわい》もある。

どこに立ちどまっても、いかにもインスタ映《ば》えする路地ばかりなのだが、しかし残念ながら、ひしめく観光客の群れが写り込んで邪魔である。夕刻になって、彼らが潮の曳《ひ》くように消えると、路地の隅々からしっとりした風情《ふぜい》が一斉に湧《わ》いて出る。早朝の、人のいない路地に朝陽《あさひ》が射《さ》し込む時間もいい。この街の風雅な情感を味わうには、三軒しかないホテルの、総数五十数室のどこかに泊まるしかないのである。
人気の観光地にはよくあることだが、観光客は自分たちの足で、街や場所の情趣を踏み散らかしてしまう。エズも例外ではない。昼間に押し寄せる観光客は、街のよさを知らずして帰っていく。古い路地の静かな風情が人気、という街エズにとって、これは随一最大の皮肉である。

もっとも、こういう街を歩いていると、ときどきもう一つべつの思いがよぎることがある。

いずれの街も同じように石造の集落で、城跡や城壁、民家や路地など往時の骨格を丁寧に保存していて、つまりは外敵への防御を固めた要塞《ようさい》の街。遠眼が利き、敵の来襲を撃退するにふさわしい地形である。保護と生活を求める農民たちが城砦の周辺に、肩を寄せ合うように自然に住み着いた。いい方を換えれば、外敵の襲来を食らったら最後、丘のうえは孤立する戦場と化すことになる。いま中世の街と謳《うた》って人気を集めているけれど、その歴史は戦闘の連続である。エズにしても、奪《と》ったり奪られたり、破壊と復興を繰り返してきた。いま観光客が感嘆のためいきをついて佇《たたず》む路地の、石畳の隙間《すきま》には夥しい血の記憶がこびりついているはずである。

鷲の巣村は南仏やイタリアに多い。こんもりした丘のうえに城砦がありその周囲にオレンジ色の屋根が集合した風景はほとんどがそれで、今回の旅で歩いたゴルドやカーニュ・シュル・メールの旧市街、それにエズにくるまえに寄ったサン・ポール・ド・ヴァンスなどである。

サン・ポール・ド・ヴァンスは、よく手入れされ、雅趣に富んだ街である。

中世には国境の街だったところで、旧市街を囲む城壁は、十四世紀にも十六世紀にも増築され改修されている。その跡がかつては外敵の襲来がいかに激しかったかを物語り、いまは新市街とを隔てて観光客の群れを囲い込む。堅固でいかつい城壁の門は、優美な旧市街への入り口となっている。

エズと同じで街の斜面には石造の壁と路地が張りめぐらされ、蔦や樹木が心地よいアクセントとなり、花が咲き、人さえ少なければインスタ映えする街角ばかりで、全体にエズよりはいくぶんゆったりしている。急坂もエズほどではない。ギャラリーが驚くほど多く看板やショップの見栄《みば》えなどはエズよりずっと洗練されている。

文化の香りがする街といってよいかもしれない。

十九世紀以来画家たちが訪れるようになり、二十世紀になると、ポール・シニャック、ラウル・デュフィ、シャイム・スーティン、マティス、ピカソといった画家が頻繁に訪れ、詩人のジャック・プレヴェールや作家のジェイムズ・ボールドウィン、歌手で俳優のイヴ・モンタンなどが住み、シャガールは二十年住んだ。

そんなことが影響しているのだろうか、街はいそいそと艶《つや》やかな様相で、建ち並ぶギャラリーやファッション・ブティックが華を添えている。外れには、二十世紀美術の殿堂といってよいマーグ財団美術館もある。

シャガールについていえば、ナチスの手を逃れて転々としたのち、第二次大戦後、晩年に落ち着いたのがこの街である。墓もある。上下に楕円《だえん》をつくる街の斜面を上りきると、高台にひらけた明るい墓地が現われ、あちこちに花が供えてあるが、シャガールの平たい墓石にはユダヤ教徒らしく細かい石が散っている。

ヴァンス。

「マティスの教会」がある街で、サン・ポール・ド・ヴァンスの北、車で十分くらいのところにある。

鷲の巣というほどではないが丘に城壁をつくり、古代には都市があった地で、神聖ローマ帝国時代にはローマ街道の要衝でもあり、その後にいま見る旧市街の形をなした。

同じ中世の旧市街でも、エズやサン・ポール・ド・ヴァンスとは少しばかり様子が違う。ここでは、住む人々の生活が隠されていない。見上げれば住居の窓には洗濯物が干してあったり、城壁の門から、中世の闇《やみ》でも見るように煤《すす》けた市街の暗がりを覗《のぞ》くと、パジャマ姿の男が走り出てきたりする。こんな下町風情もいいのだが、観光客は少ない。

マティスがつくったロザリオ礼拝堂は、こういった雑味をきれいさっぱり落として、旧市街の外の閑静《かんせい》な住宅街に清々《すがすが》しく建っている。丘の古い集落を右手に見てしばらく歩くと、道路の右下にあり、うっかりすると見落としそうな、白い小さな建物である。

しかしこの礼拝堂は、ドアをひらいて一歩入ると、そこには息を吞むような予想外の光景がひそんでいる。思わず足が止まる。

七十人ほどの信徒が入れるだけのささやかな礼拝堂が、その存在感によって、見る者を圧してくるのである。

具体的に見ていけば、まず眼に飛び込んでくるのは、壁と床と天井の白さである。明るく真っ白なので、眩しい空間は、激しく膨張しているかのように思われる。その壁のうえ、右手には、嵌《は》め込まれた艶やかな白いタイルに、黒一色の線画で、幼いキリストを抱いた聖母マリアと、聖書を持った聖ドミニクスの人物像、それに背面にはキリストの生誕から受難、復活までの道程が描かれている。驚くことに、これらの人物には、眼も鼻も口もない。楕円形の顔は輪郭だけ描かれ、また身体《からだ》の細部も極端に省略されている。

もちろん計算され尽くした省略で、そこに現われるマジックは、真っ白な壁と黒い線画のうえに映り込んで揺らぐ色の光である。すなわち反対側左手の壁に施されたステンドグラスを通して、青、黄、緑の光が射し込んでいる。光は時間によって入射角度が変わり、刻々と動き、大理石の床にも映り込む。

ステンドグラスの一部は、いかにも手描きの風合い、ウチワサボテンの葉と花が装飾模様になっており、青と緑の葉を背景にうえに向かって咲く花は黄色と白のグラデーションで、華やかな彩色。見事な脆美《ぜいび》である。

マティスが絵と光によってもくろんだ効果は、見る者の「精神の無限のひろがり」と「心の軽やかさ」なのだという。

白く眩《まばゆ》い堂内の、モノトーンの線画とステンドグラスの動いてゆく光彩で、その目的は十分に果《は》たされたといってよい。たしかに礼拝堂の小さな空間は、そこを仕切る壁を超えて、どこまでもひろがっていくようであり、また立体感や重量感をことごとく排して、このうえもなく軽やかなのである。

マティスは「色彩は光を表現する」という。

これはきっと南仏の陽光と無関係ではない。

ヴァンスは、八キロほど南に、地中海を望むことができる。礼拝堂のステンドグラスから射し込むのは、地中海が反射する光である。

マティスが北のブルターニュから地中海に浮かぶコルシカ島へ旅をし明るい陽を浴びたのは、一八九八年、二十八歳のときで、このあと幾度も南仏の街や北アフリカの旅をし滞在もしている。この時期、絵には明るい色彩が満ちてくる。一九一七年にはニースに滞在、そのまま腰を据えることになる。ヴァンスに移り住んだのは、第二次大戦中の一九四三年、七十三歳のときで、ニースの戦火から逃れてのことだったらしい。ここで、一九四七年にロザリオ礼拝堂の構想に入り、四年の歳月を経て、一九五一年、八十一歳の最晩年に完成している。

マティスは、ロザリオ礼拝堂は「全生涯の仕事の到達点」という。

建築物にこれほどの興趣を覚えたのは、バルセロナでガウディを見て以来のことかと思う。

ほかに旅のなかで鮮やかな記憶に刻まれている建築物は、スペインのアルハンブラ宮殿やインドのタージ・マハルなどで、イスラム建築が多い。なかでも、最も親しんだイスラム建築といえば、トルコのイスタンブールに聳《そび》えるブルー・モスクである。

イスタンブールは、バスや車で旅をする長旅の者にとって、特別な意味を持つ街である。

旅は、この街で東西に分かれる。

インドあたりから、パキスタン、アフガニスタン、イラン、イラク、トルコと辿《たど》って、イスタンブールに着くと、アジアの旅を終えて、眼のまえにはギリシアが、ヨーロッパが待ち受けている。パリやロンドンから始めた旅行者はギリシアを通過すると、ここでアジアの旅に突入する。東と西の両者がここで交錯する。旧市街の安宿に合流し群れ集う。アジアを経《へ》めぐってきた者は、貧乏な旅に慣れて逞《たくま》しく剛の者のように見え、ヨーロッパからきた者はどことなくひ弱である。往古から、この街でアジアとヨーロッパが衝突してきた。そういう街である。東西交通の結びめで、旅行者は、どちらからきてもここでひと息つく。

ついでにいえば、いまはどうかわからないが、貧乏でいつも懐《ふところ》具合を気にしていた旅行者たちは、アジアへ向かう場合、ここからは物価が安くなるからと少し気が大きくなり、ヨーロッパに向かう場合は逆で、油断してはならないと財布の紐《ひも》を締めることになったものである。

こういう旅の味わいは、西から東から、という移動型の旅のもので、リゾートタイプや都市タイプの滞在型の旅には無縁であり、また飛行機で飛んでいてはわからない。

移動型の旅の味、といえば、こんな経験がある。

モロッコに、ミントの生の葉を煮出したお茶がある。土地の家を訪ねると、よくこれが出てくる。

このお茶が美味である。初めて飲んだときは新鮮で感動的であった。スペインからジブラルタル海峡を渡り陸伝いに徐々にこの国へ近づいていったときのことである。その記憶があって、しばらくして飛行機でパリを経由しモロッコへ入ったとき、あのミントティーがまた飲めるとおおいに期待していた。ところが、さてさてと両手を擦《こす》って飲んでみると、その味がどうにも舌に馴染《なじ》んでこないのである。舌がひそかに拒否反応を起こすのだ。旨味《うまみ》を感じる味蕾《みらい》がいっこうに反応しない。喉《のど》にも生草のエグ味のようなものがひっかかる。このお茶は旨いのだ、と舌にも喉にもいい聞かせるのだが、なかなかうんといわない。

つまり、こういうことではなかろうか。

貧乏旅行の場合には、その土地土地のものを拒否などしていられない、ということもあるが、どうやら旅のあいだに舌の感覚が柔軟になっていて、陸伝いに進んでいく土地の風土の変化に無理なく馴染めるようになっているのではないか。どんな味も抵抗なく寛容に受け入れられる、舌がそういうふうに鍛えられている。それが飛行機で飛んでしまうと、舌が軟弱になっていて、味わうよりもまえに唐突と感じてしまうのではないか。個人的に過ぎる感覚なのかもしれないが。

イスタンブールは、古都である。

歴史的にも、ローマ帝国以来何度も結びめをつくってきた。

以前はコンスタンティノープルと呼ばれ、ラテンやビザンティン、オスマンなど、帝国が入れ替わるごとに首都だったところで、賑《にぎ》わいはいまも変わらない。

ボスポラス海峡がアジアとヨーロッパとを分けて南北に横たわり、海峡から西のヨーロッパ側へ金角《きんかく》湾が切れ込んで、旧市街と新市街とを分ける。両市街を結んで湾を渡るのがガラタ橋で、この周辺がとくに賑わっている。海峡は街のすぐ南でマルマラ海に出る。海峡と湾と海とがぶつかり、青い水面にはいくつもの白い航跡ができて船の往来が忙しい。ガラタ橋から眺める湾や海峡は絶景で、街の風光明媚《ふうこうめいび》を背負って誰しもが癒《い》やされる。

ガラタ橋から急坂を上ると、旧市街の台地となる。路地裏に安宿が点在し、広大な市場グランド・バザールがあり、広場があり、公園の緑地があり、台地の突端は三方を海に囲まれて、オスマン帝国の中心となった華麗なトプカプ宮殿がある。その奥にはアヤソフィアとブルー・モスクの巨大なドームが高い尖塔とともに並んでいる。

最近の街の様子を聞くと、近代化が進みすぎてどうやら以前ほどの風情はなくなったらしいが、しかし旧市街の時間はそうそうせっかちに過ぎてはいないようである。

ガラタ橋のうえから青い水を眺めたり、旧市街の公園のベンチに座ったり、などしてぼんやり時間を過ごすのに恰好《かっこう》であるし、グランド・バザールのなかの階段状になった古い喫茶店でお茶を飲むのもいい。ボスポラス海峡を、土地の人が足にしている船で、左岸に寄り右岸に寄りしながら、北の黒海まで、一日かけてゆっくり往復するのも悪くない。ほっと息をつきたい旅行者にとって、イスタンブールはなかなかによい街なのである。

幾度か長居をした街であるが、長髪の時代に毎日のようにぼんやりくつろいでいたのが、ブルー・モスクの堂内であった。

ブルー・モスクは、正式名称をスルタンの名前を取ってスルタン・アフメット・ジャーミィという。一六一六年建造。オスマン帝国の遺産である。世界で最も美しいモスクといわれる。

中央のドームは高さ四十三メートル、直径二十三・五メートル。いくつもの小ぶりのドームを従え、それらを守るように六本の尖塔《せんとう》が聳えている。威風堂々と構え、イスタンブールの空の一隅を占領し街のシルエットをつくる。

巨大なドームの内部の壁には、二万を超えるというタイルが天井までびっしり嵌め込まれている。イズニックタイルというもので、十五世紀から十七世紀にかけてオスマン文化が創出した。その装飾には、ターコイズブルー、コバルトブルーなどの青と白を基調にして、鮮やかな赤や紫、黒、金を随所に用いながら、幾何学模様や唐草模様、それにチューリップやバラ、ヒヤシンス、カーネーションなどの花、葡萄《ぶどう》の房などの植物の細密な模様が施してある。精妙にして絢爛《けんらん》、イスラム芸術の息を呑む伝統的装飾である。

さらに堂内を彩るステンドグラスの窓は約二百六十。この窓から淡く青い光が抜けて堂内に射し込み、太陽の位置によって移ろいながら壁で揺らぐ。見上げると、広大な空間の上部はときに全体に青い霞《かすみ》がかかったように幽玄《ゆうげん》で高々と深い。

タイルもステンドグラスも、キリスト教であれイスラム教であれ、礼拝堂の建築に多用されている。ヴァンスのマティスの礼拝堂も同じだが、このモスクでも射し込んだ光を壁のタイルに映し込んでいる。マティスの簡潔清楚《せいそ》な雅致と、ブルー・モスクの細密画が繁茂する豊饒《ほうじょう》華美とは両極端の趣であるが、採光の妙は同じ仕組みである。

マティスの礼拝堂の床は白い大理石であるが、イスラムの礼拝堂では、絨毯が敷かれていることが多い。イスラム教では、絨毯に両膝《りょうひざ》をつき、額を擦りつけるようにして礼拝するのが慣例である。ここブルー・モスクでは、細かいチューリップの絵柄を織り込んだ赤い絨毯が一面に敷き詰められている。一日中、どこかに座り込んでいる者がおり、祈っている姿がある。

堂内には、誰でも入ることができる。

観光客もいるが、ドームは天井も高く広大なので声が響くこともなくがらんとし、見渡してもちらほらという印象である。

土足厳禁だから裸足《はだし》で入り、中心部は避けて絨毯に座り込む。両膝を抱えてぼんやりする。あるいは本を読む。座っていると気持ちが落ち着き、堂内の空気はすこぶる心地よい。ときどき寝転がってうつらうつらする。咎《とが》められることはないが、マナー違反にはちがいない。神聖な祈りの場である。とはいえ、ここはイスタンブールでいちばん静かで、ほっと息がつける。オスマン帝国の全盛期に、莫大な費用と七年の歳月をかけて建造されたモスクの、贅美《ぜいび》を尽くした堂内は、物思いに好ましいまたとない場所である。

座り込んで、ぼんやりこれまでの旅の日々を思い起こす。振り返ればギリシアがあり、その背後にはヨーロッパやアフリカのさまざまな国があり街があり人々がいる。眼のまえには、ボスポラス海峡のむこうにアジアンサイドが見えている。さてこれからどうするのか。中近東を抜け、インドあたりまでいくのか、いかないのか。とりとめもなく考える。緩く心地よい午後の時間が過ぎる。旅が、ひと息ついている。

地中海に立ち籠《こ》めた黄昏《たそがれ》が、エズの丘を這い上る。やがて街をすっぽりと蔽う。石の壁で切り取られた狭い空に深い青みを残して、路地が翳《かげ》る。昼間のざわめきがすっかり霧散して静まっている。人が消え、まだひらいているショップも、石の壁で咲き乱れるハイビスカスも所在なげである。坂道や石段の肩の力が抜けている。路地は素顔を見せて深く静かな呼吸をしながら、暮れようとしている。通路のトンネルの奥が暗い。

路地を気ままに上ったり下ったり折れたりしているうちに、また迷いかけるが、ホテルへ戻るのはむつかしくない。うえに向かって左へ左へと進めば、ホテル、ラ・シェーブル・ドールか、やはり崖のうえに建つホテル、シャトー・エザかの脇《わき》の路地へ出る。シャトー・エザは西側の上部に並んで建つが、入り口は同じ路地にあり、十室ほどの小ぶりなホテルで、ラ・シェーブル・ドールと同様五ツ星である。このホテルも全室ほとんどが地中海を望んでいる。

二泊するラ・シェーブル・ドールの部屋は最上階に取ってあるので、路地をうえへと折れ曲がっているうちに辿り着く。

シャワーを浴び、着替え、再び路地に出る。

この街では夕食を二度摂《と》る。ラ・シェーブル・ドールとシャトー・エザのメインダイニングで、前者はミシュランの二ツ星、後者は一ツ星。食べ較《くら》べるのもひそかな愉《たの》しみである。

一日目はラ・シェーブル・ドール。

ごつごつした石が剝《む》きだしの路地からダイニングに入ると、ごく都会的にしつらえられたモダンな部屋の高級感は、またしてもタイムスリップしたようである。

天井一面の柔らかい照明で適度に抑えた明るさの部屋に、赤い植物の柄を織り込んだ淡いグレーの厚い絨毯が敷かれ、白い壁には金色の模様が控えめにあしらってある。床まで垂れる白いテーブルクロスと、黄、ピンク、オレンジなどさまざまなパステルカラーの椅子《いす》が華やかである。

入り口に並ぶ黒いスーツを着込んだスタッフ数人と軽い挨拶《あいさつ》を交わし、窓際のテーブルに案内される。

座ると、天井からすぐ足もとまでひろがるガラス壁のむこうに、暮れかかる地中海がある。

霧でも出ているのか、海一面、鮮やかな濃い紫色である。奥の水平線は隠れて見えない。立ち籠めた紫色の分厚い霞は動かず、ずっと上方は、空の深い青と溶け合っている。下方の暗い水上には、ぽつぽつと小さな船の灯《ひ》が見え、右方には街の灯がまたたき、伸び出した岬の灯が、霞を透かして点々と滲《にじ》んでいる。

遠くからのように、スタッフの声が耳に届いた。

窓外の色につかのま呑まれ幻惑され、放心していたようである。

ソムリエが、飲み物を訊《き》いている。顔を戻して、シャンパンを注文する。

白い光を撥《は》ねる大振りの皿にアミューズ。

三種類の淡い彩りのアミューズがのった景色がいい。

小さなサイズだが、一つずつ舌にのせればじつに手が込んでいるとわかる。皿の右にレモンタルト。楕円形の厚い生地自体、極上のレモンバターの爽《さわ》やかな風味で、ほのかな塩味。マジックのように舌にするりと溶け、喉へ消える。左にマグロのフィロ。これは小麦粉とトウモロコシの粉でつくった薄い葉のような四角い生地を重ね、マグロをオイルで煮て身を細かくほぐしうえにのせ、包んで焼いてある。触感は一瞬パリッとしながらすぐに溶け、鋭い旨味が喉へ落ちていく。皿の中央奥には、小さなスプーンにのったフムス。ひよこ豆を練ったペーストの、ハーブと上質のオリーヴが口中で華やかに香る。三つに共通するハーブの香りと触感は中東からバルカン半島あたりへ吹く風であろうか。

いずれも喉に消えるのが惜しいような旨味で、アミューズにしないで量を多くし、シャンパンで食べれば、それでもう十分な前菜である。

アミューズの皿がさげられるとすぐに、嬉《うれ》しいサプライズが現われる。

パンが供されるのである。まさに供されるという趣で、脇にあるべつのテーブルに、パンだけが恭《うやうや》しく運ばれてくる。温めた、というのではない、焼きたてのパン。客用にいま焼いたばかりのパンである。ブールという種類で、パン屋、ブーランジェリーはこれからきたという、素朴な丸いパン。スタッフのナイフで、四つにカットされる。

瞬間、豪勢に湯気が噴き立つ。鼻孔《びこう》を撃つ芳香《ほうこう》を漂わせながら、四切れともこちらのテーブルに移され、一切れがパン皿にのり、スタッフが手を差しのべる。「お好きなだけお召し上がりを」

熱いのをちぎって口に入れると、皮は薄くカリッとしているが、精製した小麦粉だけが使ってあり、なかは純白でふわふわの触感。よくあるバターの風味や酸味はどこにもない。ほのかな甘みがあり、一噛《ひとか》みするごとに旨味が口中にあふれ出てくる。和食ならば、上等の米を使った炊きたての白いごはん。これだけで食べられる。料理の皿はなにも要らない、というご馳走《ちそう》である。

アミューズとこのパンだけで、厨房《ちゅうぼう》は手練《てだ》れ、と十分に知れる。繊細かつ大胆なプロの仕業。このあとに続く皿は安心して待てるというものである。


二日目の夕食はシャトー・エザ。

こちらも高級ダイニングであるが、顔つきがずいぶんと違う。

部屋のしつらえは、ラ・シェーブル・ドールが現代風なのに較べ、ずっと古風な趣で、石を積み上げた壁があり、全体に小振りで天井もいくぶん低い。照明もやや暗め。華やかな高級感はラ・シェーブル・ドールに一歩譲るが、渋いといえそうなしっとり感は居心地がいい。

ここも眺望がなによりの自慢だから、海側は大きなガラス壁になっている。

スタッフのホスピタリティは対照的といってよい。ラ・シェーブル・ドールのほうは、高い格式を保持して静かに姿勢を正す趣で、やや生硬《せいこう》な気配があるのに対し、シャトー・エザのスタッフは表情も緩く、余裕のようなものが見え、気さくに客の気分を和ませるというところがある。前者は恭しく、後者はにこやかに、といったところ。

アミューズのまえに、ショットグラスのような小さな容器で、淡いグリーンのスープが出てくる。

「まずはこちらから」グレーのスーツのスタッフがいう。

一口飲むと明らかに、昆布の出汁《だし》、とわかる。和食の影響だろう。昨今のフレンチは、海苔《のり》を使ったりしてときどき日本の海産物にご執心である。

アミューズは、メニューに「ザ・ロック　地中海から」と謳ってあり、サザエの殻を模した三個ほどの陶器それぞれに一品ずつのっている。

一つ目のサザエは殻付きの牡蠣《かき》を抱え込んでいる。牡蠣は軽く蒸してあり、白い泡のスープを被《かぶ》っている。それに小さな赤い食用花がひとひら。歯を立てるととろりとした甘みが舌を包む。泡にはほどよい酸味の刺激があり、ハーブの香りがほんのりと鼻孔に漂い、牡蠣の香りを盛り上げる。次のサザエには、キウイの、ムース、果肉、ゼリーが三つの層になりのっている。その酸味が、舌に残る牡蠣の余韻を刺激して心地よい。むろんこの組み合わせは計算のうえだろう。三つ目のサザエには、ズッキーニの二枚の花で包んだ一切れの白身と小エビ。ハーブのヴァーベナをクリームに練り込んだソースが掛かっている。これも軽い酸味。レモン風味で、ほっくりした白身とプリッとしたエビを柔らかな花びらが優しい触感にする。アミューズの主役は牡蠣と定め、それをいくつかの酸味によって引き立てる調理の演出は、微妙なバランスを醸《かも》して憎い。

アミューズだけで、二つのレストランに点数をつけたくなるが、しかしここは一旦仕切り直しとしたい。

というのは、次の前菜で、なんとまったく同じ食材が出てきたのである。

サバである。

今回の旅の食事でまだお眼にかかっていない。それが思いがけずエズの二つの食卓に現われた。これを較べたい。

サバはともに、酢で締めたというわけではなくマリネである。炙《あぶ》って皮に焦げめをつけたレアに近いミディアム。細身に切られ、皿の真ん中に横たわっている。切り口の赤味は、ピンクから臙脂《えんじ》へのグラデーションでぬめっと照り、発情でもしている気配である。性愛のぬめり、とでもいっておこうか。劣情を煽《あお》る具合は、見たところ同格。しかしこの皿、付け合わせの仕掛けがまったく違う。

まずはラ・シェーブル・ドール。

サバの脇に、カリッと焼いたフェンネルの葉が一枚。魚の臭みを消すのによく使われるとはいえ、このハーブの甘い香りは、鼻孔を擽《なぶ》って喜ばせる。が、この皿の仕立てはなによりも、粉におろしたカラスミである。じつに気前よく、サバが隠れそうなほど豪勢に掛けてある。サバにナイフを入れ、カラスミをまぶして口に入れる。サバはオリーヴとハーブの香りをしっかり纏《まと》って旨味を上品に立たせ、カラスミは味が濃い。双方の旨味が舌のうえで小躍りし、驚くほど見事な相乗効果をあげる。ねっとりとした触感も凄《すご》みがあり、思わず呻《うめ》きそうになる。有無をいわせぬ濃密絶佳な風味で、ほとんど向かうところ敵なしという構え。

迎え撃つシャトー・エザのほうは、濃密というよりは清廉《せいれん》にして優美な皿といえようか。

サバを取り巻くように、スライスしたキュウリと摺《す》りおろしたトマトがたっぷり、それに幾種類ものハーブの葉がこれでもかと散り、赤い食用花も散る。キュウリにはスパイスの女王カルダモンの風味。全体に、メニューのままにいうと、ホースラディッシュ（西洋ワサビ）・クリームとトマト・ソース、それにキューカンバー・ウォーターが掛かり、さらに鮮やかな緑色のミントオイルの粒が点々と光っている。サバと、これら付け合わせとをいっしょに口に含むと、まず爽快淡麗な香りとほのかな酸味が鼻孔に抜け、あとからやってくるサバはやはりオリーヴとハーブの香りが立ち、旨味が味蕾を騒がせる。

両者の皿は、食材は同じでも趣はまったく違うので、どちらか、と較べるとなると舌の好みの問題になりそうである。舌の気分がいま、こってりとさっぱりとどっちを所望しているか、ということもある。無理やり勝ち負けを決めてしまうのは、野暮というものかもしれない。

ただ総合的に考えれば、ラ・シェーブル・ドールの焼きたてパンを忘れるわけにいかないし、それにこのレストランには自家製というバターもある。その白い生クリームのような柔らかい触感と味も驚きであり、こういったインパクトとなると、シャトー・エザはいま少し座を譲るかと思われる。厨房の勢い、とでもいう差が、星一ツ分くらいはあるかもしれない。

レストランにはレストランのそれぞれの営みがある。メニューをつくり、食材を仕入れ、仕込み、寝かせたり発酵させたりの知恵や手間も結集する。そんな厨房の心根を、客は食卓でナイフとフォークを手に、眼と鼻と舌で感じ取るのであろうか。

食卓の窓の外は、深い闇である。

海上の船の灯も岬の灯もじっとしている。静まりかえった夜の地中海がゆっくり呼吸をしている。闇の底で波が寄せては返している。その奥で魚は動いているのか、眠っているのか。海は海で、夜も自然の営みをしている。

やがて、朝が戻ってくる。明るい風光のなか、レストランのテラスでは、青い眺望をまえに陽気な朝食が始まる。

二泊し、二度目の朝食を済ませたら、麓まで下りて車にのり、東へ向かって走ることになる。

ニース

事故と生牡蠣《なまがき》

南仏ニース。

眩《まぶ》しい陽《ひ》を撥《は》ねる地中海を右手に眺めながら、ビーチ沿いの遊歩道を歩く。

街は南側に、緩やかな弧を描くアンジュ湾を望んでビーチに縁取《ふちど》られ、界隈《かいわい》は青くひろい空と海にすっかり開放されている。リゾートを目的に観光客が押し寄せる、南仏にしては大きな街で、今回の旅に似つかわしくはないが、旅はもうそろそろ終わりである。

フランスを南へ東へと移動して、エズからイタリアとの国境に近い街マントンまで走った。コクトーの美術館があり、寄ってみたが閉まっていた。こぢんまりした街を少し歩き、南仏らしい光に包まれたビーチ沿いのカフェでひと休みしてから、車を出した。

西へと引き返す。ニースまで高速道路で四十分ほど。ニースの次はさらに西のマルセイユで、ここで南仏は終わり、北へ、パリに戻る予定である。

ニースに三泊。

リゾートに興味はないので、終わりに、陽光あふれる街で少しぼんやりしたいとだけ思っていたのだが、歩いてみてこの街の陰影の深い表情に気づいた。

ニースには対照的な二つの顔がある。

リゾート地の装いと、街の日常と。

リゾートという非日常は、湾沿いに延々と続くビーチと、これに沿ったひろい遊歩道にあふれかえっている。青く眩しい海の眺めをほしいままにする遊歩道は、どこかへ辿《たど》るという道筋ではない。ただいったりきたり、佇《たたず》んだり座ったり、ビーチへ下りたり、テラスで食べたり飲んだりする、広場のような通りで、観光客のエリア。モダンで清潔に整備されている。プロムナード・デ・ザングレ、イギリス人の遊歩道、と呼ばれる。イギリス人の資金によって敷設されたというのでこの名がある。昼間はあっけらかんと明るく、黄昏《たそが》れると空が染まり、壮大な夕焼けの絶景が展開する。

ニースがリゾート地として有名になったのは、十八世紀の昔というから筋金入りである。最初にやってきたのがイギリス人で、富裕層が避寒地として選んだ。やがて彼らは別荘を持って滞在し、遊歩道の建設資金も集めることになる。イギリス植民地主義のリゾート版といえようか。一八六四年にはヨーロッパの主要都市に繋《つな》がる鉄道が敷かれ、国際的なリゾート地に成長していく。

遊歩道のすぐ北側にひろい車道があり、境には棕櫚《しゅろ》が植えられている。棕櫚のむこうに、ニースの街がある。

リゾート地となるころから、街は急速に発展した。

もともとは、街の東にある城砦《じょうさい》の丘に、数千人の集落があっただけだという。それが十三世紀ころから人口が増えるにつれて麓《ふもと》に下りて住むようになり、十六世紀ころから発展、現在の旧市街が、新市街として形成される。以来、ここを中心に、街は西へ西へと波紋のようにひろがっていく。昔もいまも、街にはイタリアからの移民が多い。十九世紀初頭に二万ほどだった人口が半ばには五万に、二十世紀初めには十万を超えることになる。現在約三十五万。

街が猥雑《わいざつ》な空気に満ちているような気がするのは、そんな推移があるせいだろうか。

規模の大きな繁華街が賑《にぎ》わうのは、旧市街のすぐ西のあたりで、大通りが交錯し、高級ブティックやカフェが並んでいる。一帯に注ぐ陽光は、南側の遊歩道と水平に繋がっているようにみえる。目抜き通りはつやつやと血色がよく繁栄を謳歌《おうか》している。

しかしそこから西か北へ、一歩でも外れて路地に入ると、深い翳《かげ》りのようなものが眼《め》についてくる。翳りはビルのあいだでどうしようもなく停滞し、いっこうに捌《は》ける様子がない。段ボールにくるまって寝ている者がおり、汚れた衣服で座り込む者がいる。剣呑《けんのん》な顔つきの若い者が群れている。軒を連ねる商店も見るからに血色が悪い。唐突に、場末が蹲《うずくま》っている。風はぱたりと止《や》み、すえた匂《にお》いが澱《よど》み、地中海の光はすぐ手前で遮断されている。昼間から不穏な気配が見え隠れする。

街全体が翳っているのではない。ふいに照り、ふいに曇る。陽向《ひなた》と暗がりが、まだらになって街をつくっている。どうやらこの街は相当にしたたかで、一筋縄ではいかない。油断がならない。それが、華やかで無邪気なリゾートと隣り合う、ニースの素顔である。

遊歩道から左に逸《そ》れ、車道を渡る。

旧市街へ入っていく。

旧市街とはいえ、急に路地が入り組む街区になったりするわけではない。新市街との境界はさだかではない。気づくとレストランや商店が混み合い、人通りが増え、観光客が多くなり、賑やかになっている。

サレヤ広場に出る。

旧市街では最も人出が多い場所で、古い聖堂があり、規模の大きな露店市場は縁日のようである。花屋、果物屋、魚屋、チーズ屋、スパイス屋、オリーヴオイル屋、パン屋、それに石鹸《せっけん》やキッチン雑貨屋、アクセサリー屋。

そろそろ昼という時間で、陽射《ひざ》しは強い。

市場のなかに食べ物の屋台も出ていて、ソッカの店があり、行列ができている。

ソッカとは、ひよこ豆の粉をオリーヴオイルで練って平たくのばし、鉄板で焼いた薄いクレープ。フムスのガレットである。鉄板に張りついているのを一切れ二切れと剝《は》がし、紙に包んでくれる。ニース名物である。もとは漁師たちが朝食代わりにしたものだという。歩きながら食べる。香ばしくて旨《うま》い。

朝食は食べていない。昼食と兼ねたつもりだが、ソッカ一枚では足りない。


広場を歩く。

テラス席を出したレストランが軒を連ねている。三軒ほど覗《のぞ》く。いずれも観光客めあてのカジュアルな店で、サンドイッチもパスタも、ステーキも海鮮類もなんでもある。種類が多いからよいというものではない。質は期待できそうにないが、一軒のメニューに、スープ・ド・ポワソンとあるのが眼に入った。久しぶりである。これなら無難かと注文する。

客が混み合っているにしてはすぐに出てきた。大きなボウルに濃い茶色のスープがたっぷり。バゲットも二切れついている。

どれどれとスプーンで掬《すく》い、口のなかで一まわしし、しかし手にしたスプーンが宙で止まってしまった。

舌のご意見を伺うまえに、鼻があわただしくそっぽを向いた。

大袈裟《おおげさ》にいえば、一瞬なにが起こったかわからないという事態。ふいうちを食らっている。予想もしなかった匂いが、もわもわと器から盛り上がり、鼻先をだしぬけに摑《つか》まれてしまった。匂いは口腔《こうこう》からも噴き上がり鼻の粘膜に襲いかかる。複雑怪異な強烈な匂いである。匂いの主は生臭い魚。急いで鼻を左右に振り、一刻も早く逃れたい、と焦るような凶暴な匂い。調理がうまくいっていないのか、そもそも使った魚がいけないのか。しかし、それとも、と思う。一瞬だが、自分の鼻のほうを疑ってみる。もしかするとこれは受容すべき匂いではないのか。厨房《ちゅうぼう》はこの匂いを十分承知したうえで、客に提供しているのではないのか。それほど堂々と、あたりはばからず匂うのである。

気を取り直してスプーンを手にし、二口三口と啜《すす》ってみる。

匂いはがまんできるかもしれない、と思ってみる。注文したのだから出されたものは食べなければいけない。食べ物には、クサいがウマい、という場合だってある。格闘する心持ちで、舌の顔つきを探る。旨味は、ほぼない。特有のコクもなく味が薄くざらついて感じるのは、性悪な生臭い匂いに味蕾《みらい》が怯《ひる》んでいるせいかもわからない。

それでも嫌な雑味を感じる味蕾だけは元気旺盛《おうせい》であるらしい。

スープに眼を落とし、長いためいきをつく。抗《あらが》うすべもなく鼻孔《びこう》を弄《もてあそ》ばれながら、耐えて啜るほどの体力はなさそうである。危うく嘔吐《おうと》しかかる。ギヴアップする。サーヴィスの男に手を挙げ、なぜか気分がよろしくない、と告げる。申し訳ないが、これは残したまま店を出たい、会計をしてほしい。

訝《いぶか》し気に「大丈夫ですか」と顔を覗き込むサーヴィスの男に、大丈夫、と笑顔をつくり、あたふたとレストランをあとにする。

露店市場へ戻る。

ジュースを売っている屋台で、リンゴのジュースを買い、口を洗う。べつの屋台でチーズとバゲットを手に入れ、抱えて遊歩道へ戻り、ビーチへ下りる。

ビーチの砂利に座る。小さくなりかけていた胃に血液が戻ってくる。やれやれと空を仰ぐ。

南仏の海を眺めるのもあと少し。明後日《あさって》の昼にはニースを出る予定である。明日にはニース駅にいき、マルセイユとパリへの電車のチケットを購入しておきたい。

レンタカーは、マントンからニースへ着いた夕刻に、オフィスへ戻した。ここからパリまでは鉄道を使うことになる。

レンタカーを返してせいせいした気分がある。

もう車を運転しなくてよいと思うとずいぶん気持ちが楽である。身体《からだ》まで軽い。実際に車を手放してはじめて緊張感が日々途切れずにあったのだと知れる。

緊張感とは、いうまでもなく事故への警戒である。人身事故を起こす惧《おそ》れはいつもある。高速道路よりも市街地のほうが緊張感はずっと高い。

なかでも、苦労したのは旧市街である。旧市街の道路の幅は昔馬車が走ったままである。どの街も走っているのは小型車で、借りた車も小型だが、それでも道幅いっぱいということが多い。先細りになっていて抜けられるのかと思うこともある。狭い路地がときどき鋭角に曲がる。切り返しに汗をかく。

通行人も多い。しかも日本よりずっと人のほうが優先のきまりで、すぐ近くに車がいなければ赤信号でもさっさと渡っていく。近くにいても手さえ挙げれば渡ってよいと思っている。人の動きを予測しながらの運転である。むろんどこも知らない街ばかり。たえず緊張を強いられる。幸い事故を起こすこともなく、レンタカーの旅は終わった。

昔、中近東で人を撥ねた。

ボロ車で旅をしていた若い時代のことである。

ヨーロッパからトルコへ入り、イスタンブールからアンカラなどの街をめぐりながら東へ、アダナという街を抜けた。しばらく先には地中海が横たわっている。その先、東と南からはシリアの国境が迫ってくる。

イスケンデルンという、地中海も東端の海沿いの街をめざし南へ走っていた。この街で泊まり、明朝、国境を抜けてシリアのアレッポに入る予定である。

山中の道を走る。

九月も半ば。夕刻が近づいている。

前方の左側に、白いミニバスが停《と》まっているのが見えた。

仕事着の男たちが乗り込もうとしている。山の中に工事現場でもあるのだろう。街へ帰るところである。

先行する車があり、バスの脇《わき》を抜けて走り過ぎていく。続いてあとを追い、直進しようとした。

そのとき、バスの陰から男が一人走り出てきた。車を一台やり過ごして飛び出したという恰好《かっこう》である。二台目には気づいていない。道路を渡り始める。男までの距離は三十メートルほどだったろうか。

このときなにもしないで、男が渡るのを確かめながらそのまま車を走らせれば問題はなかった。時間は十分にあった。渡りきったあとに走り過ぎればなにも起こりはしなかったのである。しかし男に注意を促そうと、クラクションを鳴らしてしまった。男は驚いて立ち止まる。こちらを振り向く。男の動きが止まってしまった。二、三秒あって、男は慌てて逃げる。ブレーキを踏む。だがまにあわなかった。

あっと思ったときには右前方へ男を撥ねていた。男はまえのめりに、道端に積まれた砂利の山のなかへ顔から突っ込んでいった。

中近東で車の人身事故を起こしたら国境へ逃げ込むか、警察署へ駆け込むほかない、と聞いたことがあった。そうしなければリンチに遭うと。そんなこともあるまいが、しかしなにかを考える余裕もなければ、轢《ひ》き逃げなどできるものではない。身体が勝手に動いている。車を止め、飛び出し、倒れた男のところへ走る。

男の顔は血だらけである。

バスに乗ろうとしていた男たちがわらわらと駆け寄ってくる。口々に騒ぎたてるのを、「寄るな」と大声で制し、男を抱きかかえながら「車へ」と怒鳴る。「早く」と急《せ》かし、数人の手を借りて後部座席に運ぶ。色褪《いろあ》せた座席に男の血が落ちる。

男を抱えた仕事仲間が二人乗り込む。ハンドルを摑み、「病院」と叫ぶ。「イスケンデルン」と二人が前方を指さしながら叫び返す。まだ陽は明るいがヘッドライトを点《つ》ける。アクセルをいっぱいに踏む。背後で男が低く唸《うな》り続け、両脇から二人がなにやら話しかけている。

しばらく走ると右方の風景がひらけていた。地中海である。鈍く青く照っている。反射する光を浴びてアクセルを踏み込む。

三十分あまり走ったろうか。街に入り、後ろの座席から指図されるままに路地を辿るうち、病院に着いた。

それからは、男を車から降ろして病院の者たちに預け、彼らが男を運ぶのを追い、診察室へ消えるのを見送るまで、ごく自動的にことが運んだあと、薄暗い廊下に二人の男とともに残された。壁際の椅子《いす》に並んで座る。

待っているあいだに、男の一人が「金は持っているか」と片言の英語で訊《き》く。顔を見返すと、男は診察室のほうへ顎をしゃくる。撥ねた男に渡せということだろう。ポケットを探り、あるだけの札を取り出す。日本円にして二千円あまりか。物価も賃金もずいぶん低い国だが、治療費の足しになるかどうか。

「銀行で換金ができればもう少し渡せるが」

皺《しわ》を伸ばして差し出すと、

「もう閉まっている」

男は首を振り、受け取る。

長い時間待たされ、看護師に呼ばれて病室へいくと、顔に包帯を巻きつけた男が、シーツも毛布もない染みだらけのベッドに、放《ほう》り出されたように横たわっていた。貧相な身なりである。

　中年の医者が現われた。

「どうでしょうか」

　と訊く。

医者はベッドの男に表情のない眼を遣《や》ってから、

「タマム（大丈夫）」

　という。

「タマム」と訊き返すと、「タマム」と繰り返し、英語で「運がよかったようだ」と悪い結果でも伝えるような抑揚のない声音でいい、部屋の入り口へ向かってちょっと手を挙げた。

　その手に誘われるように、緑色の制服を着た男が二人現われた。警官である。そういうことか、と思う。医者の手から警官に引き渡される、ということらしい。

　警察署の小さな部屋の、古びた木製のデスクで二人の警官と向かい合う。正面の初老の警官は、黒く豊かな口髭《くちひげ》を蓄え小太りで丸い腹が突き出ている。端に座った若い警官は、長身で眉《まゆ》が濃い。背筋を伸ばしたまま、

「こちらは署長です」

よく通る声でいう。

署長は、パスポートのページを繰る。

パスポートは、車のキーとともに取り上げられている。

署長は、調べるというよりは興味津々という顔つきである。出入国のスタンプを見ては「カナダ」とか「モロッコ」とか「イタリア」とか、唸るように読み上げ、そのたびに嘆息し、「おおトルコ」と声を上げ、嬉《うれ》しそうに声を立てて笑う。見たところ陽気な男である。時間をかけて仔細《しさい》に眺めてから丁寧に閉じて脇に置き、デスクのうえで腕を組む。

「さてと。事故の報告は聞いております」

片言だが、英語を話す。

腕時計を指差し、

「しかし本日はもう遅い。調査は明日やります。今夜はそこのソファで寝てもらうことになる。寝袋を持っているようだから寒くはなかろう。トイレはその奥です。パスポートとキーは預かっておくが、いいですな」

黙ってうなずくと、署長はうなずき返し、

「ところで」

と身を乗り出す。

「旅行は愉《たの》しいかね」

気楽な口振りである。眼尻《めじり》と頬《ほお》のあたりに笑みがあるようにも見えるが、さすがに調子を合わせる気にはなれない。

病院へ警官が現われたときからずっと、頭がよく働いていない。人を撥ねたのだから拘束されるのは当然なのだが、咎《とが》められる、という立場の自分にまだ向き合っていない。男を撥ねて茫然《ぼうぜん》となった瞬間が尾を曳《ひ》いている。事故を起こした狼狽《ろうばい》から立ち直っていない。ただ胸のあたりでゴトゴトといやな音がする。

署長がみつめ、返事を促すように顎《あご》を突き出す。

「ときどき」

ふと声が掠《かす》れる。深呼吸をする。

「なにが愉しいかね」

「人との出会いです」

ぼそぼそと答える。

「トルコはどうですかな」

「イスタンブールが好きです」

「ほう、イスタンブール」

署長はうなずき、少し間があってから、おおと声を上げ、デスクをポンと叩《たた》く。

「イスタンブールで、最近旅行者が捕まりました」

顔を上げる。署長をみつめる。胸でゴトリと音がする。

「カナダ人だったかアメリカ人だったか。日本人ではないね。ひどい人間がいるもんだ。マリワナを五キロも持っていたらしい。十年くらいは刑務所でしょうな。トルコはマリワナには厳しい」

弾むような口調でいう。世間噺《ばなし》でもしている調子である。

署長の表情を窺《うかが》う。身構える気持ちが湧いて出る。事故の話を始めるのか。署長は口を噤《つぐ》み、口髭を撫《な》でる。沈黙が長く感じられ、こちらから訊く。

「交通事故にも厳しいですか」

署長はすぐには答えない。陽気な気配がすっと消え、じっと顔を見返し、ためいきのような息を吐く。遠くから眺めるような細い眼になる。

「わたしが決めるわけではない。明日にはわかります。今日はこれまで」

若い警官に、立つよう促し、パスポートを手にして席を立つ。

「誰《だれ》が決めるんですか」

立ち上がって訊く。

代わりに若い警官が直立した姿勢で答える。

「軍の機関です」

翌朝、警官が顔を見せたときは、眼覚めてからずいぶん時間が経《た》っていた。

ソファでとろとろと眠ったが、覚めると、眠っているあいだもずっと眼のなかにあったかのように、事故の光景が見えた。砂利のなかへ飛び込んでいく男の後ろ姿がさかんにフラッシュバックする。

夢ではない、実際にやってしまったことだ。自分にいい聞かせるように思う。撥ねた瞬間の感覚が残っている。人を撥ねるなどという、自分に起こるはずのないことが、起きてしまった。うそだろうとつぶやいてみるすぐ隣に、消しようもない事実がある。輪郭がくっきりしている。昨日のことである。撥ねた男はいま病院のベッドにいる。

そう思いしる一方で、そのさきの覚悟がまだできていない。医者が「タマム」といったところで、事故を起こしてなにごともなく終わるはずはなく、まさか二年三年ということはあるまいが、二、三か月の拘留はあるかもしれない。そのあとは、刑務所か。トルコの刑務所。そう思ってみるが、しかし現実味がない。まだ他人事《ひとごと》のようである。ここで旅が終わってしまうなどとも思っていない。鈍感に頭が閉じている。そのさきの覚悟、にスイッチが入っていない。

部屋に現われたのは、昨日の警官だけではなかった。

もう一人べつの警官を伴っている。

その隣で若い警官が姿勢を正す。

「いまから出かけます」

「どこへ」

「事故現場です」

「事故現場」

口ごもるが、署長がうなずき、

「車を運転してもらいたい」

渡してあったキーをポケットから取り出す。

署長を残し、二人の警官と部屋を出る。駐車してある車へいく。若い警官は助手席に、もう一人は後部座席に座る。

「彼は」

「調査官です」

振り返って挨拶《あいさつ》の声をかけるが、中年の警官は無表情に黙ったままである。

「警察に車はないんですか」

「ありません。この車でいきます」

当事者が事故現場へ案内するのか、と思うが、苦笑いをするほどの余裕はない。

二人の警官を乗せて、男を撥ねた山中へ戻る。途中で明るい地中海を眼にする。眩しい光に唆《そそのか》されるように、ふいに胸でせわしなく騒ぐものがある。

事故を起こした場所のすぐ近くで、男たちが道路工事をしていた。

若い警官と車に残され、中年の警官が車を降りて事情聴取をする。工事現場で立ち話をし、数人を引き連れて撥ねた道路へ戻り、いったりきたり、屈《かが》んだり立ったりしては、一時間あまり。ずっと車のなかで待つ。

街へ引き返し、若い警官と警察署の部屋へ戻る。

「ここで待つようにということです」

「いつまで待つんですか」

「これから裁判をします」

警官の眼が鋭くなったように見える。

「裁判」

「裁判です」

「それじゃあ。いかなければ」

「もし必要なら、呼びにきます」

警官は強い口調で有無をいわせぬいい方をし、踵《きびす》を返して部屋を出ていく。

また一人取り残される。

蚊帳の外に置かれたまま、勝手にことが進んでいる。それにしても、裁判とは早急すぎる、と思う。なにを受け入れる覚悟もできていない。それより、いったい信頼のおける裁判なのか。本人の取り調べはないのか。欠席裁判をするというのか。

裁判というなら、いうことがないではない。反省はしている。反省も後悔もある。撥ねた男を車に乗せ病院へ急いだときから、激しい後悔が始まっていた。クラクションを鳴らすべきではなかった、ブレーキを踏むのが遅かったのではないか、ハンドルを咄嗟《とつさ》に切れなかったのか。事故を起こしたのは、多分に運転技術が未熟だったせいである。油断もあった。思えば道路を渡ろうとした男への配慮も乏《とぼ》しかった。事故は避けられた。弁解の余地はない。裁判でいうことがあるとはいえ、どう結果が出たところで抗弁のしようはない。

頭のなかがとりとめもなく落ち着かないが、避けられたはずの事故を起こしてしまったという自己嫌悪が、いいようのない敗北感を誘い出してくる。

警察署は静まりかえっている。ソファに座り、椅子に座る。歩きまわる。

裁判、という言葉にうろたえ始める。鈍感に閉じた頭が少しずつひらいてくる。いま結果が出ようとしているのか。刑務所ならば何年入れというのか。頭をひらけばたちまち不安が襲いかかってきそうである。臆病《おくびょう》になりかける自分にかぶりを振る。不安を押し戻し、楽観したい心根を探ってみる。なんとかなる、と根拠もなくつぶやいてみる。

長い時間が過ぎる。誰からも見捨てられたという気分が湧いて出る。警官たちはいつまでも戻らない。一時間経ち、二時間経ち、やがて結果を待つことが耐えがたく、帰りを待ちあぐねるような心持ちになってくる。

しかし長い時間をかけたあと署長が持ち帰ったのは、拍子抜けがするような結果であった。

ようやくドアがひらき警官が顔を見せると、昨日と同じように、署長が正面に座り若い警官が端に座った。

署長が椅子の音を立てて座りなおし、咳払《せきばら》いをする。

若い警官が口をひらく。顔が穏やかに見える。

「裁判が終わりました」

「終わった」

「終わりました」

「完全に終わったんですか」

「結果が出たそうです」

思わず背筋を伸ばす。

署長が胸を反らし、大きく息を吸い、口髭を撫でる。

「非常に簡単なことです」

と大声でいう。

黙って見返す。

「あの男は右の眼がだめだとわかりました」

意味がわからず、表情を窺う。

「撥ねた男の眼です」

署長は自分の右眼を手で押さえる。顔を、押さえたほうにまわし、振り返る仕草をする。

「だから、こっちの車は見えなかった。そういうことです」

署長の言葉を反芻《はんすう》する。呑《の》み込むのに時間がかかる。

事故に頭をめぐらす。

撥ねる寸前の男の動きを思い起こす。あのとき、クラクションに驚いた男が振り返った。立ち止まった。そのとき一瞬だが、どうしたのだという思いが頭を掠めていた。どうして止まる、と思った。次の瞬間撥ねていた。

「左の眼に車が見えたときにはもう遅かった。だから逃げ遅れてしまったのです」

署長がまた振り返る仕草をする。

そうだったか、と思う。しかし頭は簡単には働かない。だからといって、それだけで結論を出してよいのか、ほかにいくつもの疑問はあるはずだ、あの男からなにかを聞いたのか、右眼が見えないというだけで撥ねられたほうが悪いのか、撥ねたほうにも落ち度はあるだろう。一度にいくつもの思いが頭を占めて整理ができない。

戸惑いを見透かしたのかどうか、署長がいう。

「細かい説明は必要あるまい」

頭の悪い子どものように、どうしてと混乱するが、一方で、頭が小賢《こざか》しく働き始めている。ここは黙ってうなずけばよい、それが結論だというなら、このままやり過ごせばよい。

濁った頭のまま、身体の力が抜けていく。呼吸が楽になる。助かった、という安堵《あんど》の思いが生まれ、身内を舞い上がってくる。

署長は左右のポケットをごそごそやる。パスポートと車のキーを取り出し、眼のまえに置く。

「さあ、もう自由です」

署長は拳《こぶし》でこつこつとデスクを叩く。

署長の言葉を嚙《か》みしめる。整理して考えようとする頭を閉ざす。これで逃れられる、と思っている。

黙り込んでいるのを見て、署長は首を傾《かし》げ、なにかいいたそうな顔つきをする。デスクの端で、若い警官がじっと見ている。

「ほんとうに、終わったのかな」

声を遣る。

「終わりました」

きっぱりとした声で若い警官が答える。それから署長にトルコ語でなにかいう。署長の顔が崩れる。笑い声を立てる。

カン高い声で、

「タマム」

という。


お咎めナシの無罪。これが、人を撥ねた事故の顚末《てんまつ》である。五十年あまり昔のことで、いまならばこうはいくまい。とはいえ、どういう経緯でこうあっけなく落着してしまったのか、いまなおよくわからない。裁判をしたとすればいかにも安易な「判決」である。

ただ、このときはあれやこれや考えるまえに、正直なところいいしれぬ解放感が先んじて、それを抑制する余裕などなく、ひそかに快哉《かいさい》を叫んでその場から早く逃げ去りたいという気持ちが強かった。

それでも二人の警官をまえに少し気分が落ち着くと、どうしても一つ確かめておきたくなった。クラクションのことである。男の右眼のことまで事故の瞬間を仔細に調べたというなら、それをどう解釈したのか。

ひとりごとでもいうように口にしてみた。

「あのときクラクションを鳴らした」

しかしそれには署長が、屈託のない口調で簡潔に応《こた》えた。

「そうですな。ドライバーは注意深く警告のクラクションを鳴らし、ブレーキも踏んでいた、と調書にあります」

この二時間後には、イスケンデルンの街を出て、外れのガソリンスタンドで給油し、シリアとの国境へと向かっていた。

街を出ることに急くような、逃げるような気持ちがある。警官からではない。病院にいる男からである。

警察署に近い銀行で換金をし、一旦戻った。日本円にして一万円ほどを署長に渡し、病院の男に届けてほしいと頼んだ。署長は数え、半分を返して寄こした。

「こんなに渡す必要はない」

という。「病院で金を渡したこともわかっています」

無理に、とはいわなかった。旅費がそろそろ底をつきかけていた。いくらあっても足りない。ただ一方で、撥ねた男に詫《わ》びる気持ちが強い。悪いのがどちらかは明らかである。入院費や生活費などを考えればいくら渡しても足りない。そう思いつつ署長の手から五千円分を受け取った。返す機会はないが半分の五千円分をあの男に借りていく、とそのとき思った。

国境へ向かいながら、旅は人情切り捨て、とつぶやく。

かつてアルジェリアのとある村に滞在したときにそんなことを思った。茅葺《かやぶ》きの農家の土間に座り込んでお茶を飲み、食事をした。夜は土間に寝袋をひろげた。ただその家にはトイレがなかった。周りの野菜畑で用をたすことになっていた。二、三日泊まり世話になったが、礼もできず、再会できるかどうかもわからない。村を発《た》つときに、自嘲《じちょう》気味にうそぶいてみた。

旅は、野糞《のぐそ》ひり捨て、人情切り捨て。

旅の途中、数知れない村や街でずいぶん親切にしてもらった。迷惑もおおいにかけた。その人たちの好意や関《かか》わりを置き去りにするように、次の村や街へと発っては旅を続けている。

旅の人生はなかなかにむつかしいのである。

イスケンデルンの街が遠ざかる。

またしても、人情切り捨て、である。

国が変われば気分も少し変わるかもしれない。自分にそういいながら、アクセルを踏み込む。

暮れかかるニースの街を、煌々《こうこう》と光を撒《ま》き散らして、トラムが走っていく。乗客に交じって揺られていると、ふと心愉しい。レンタカーを手放した安堵感が大きい。自分ではなにもせずに目的地へ運ばれていくという解放感は久しぶりである。手持ちぶさたがいい。

街の外れにニースの旧港があり、港沿いに今夜のレストランがある。ホテルのコンシェルジュに「旨い魚介が食べたい」というとすすめてくれた。「魚介料理ならばいちばんという老舗《しにせ》のイタリアンがあります。トラムで十五分くらいの距離です。予約をいたしましょうか」

港は暮れなずんでいるが、時間が早いのでまだ客は少ない。テラス席が、港の脇の歩道に出ており、すぐ下の暗がりで小さな波が舟の腹を叩いてひそやかにつぶやいている。

メニューを持ってきたサーヴィスの大柄な黒い髪の女が、笑みを湛《たた》え悠長にかまえる。

シーフードプラッターを頼む。生《な》まの貝の盛り合わせである。

「プラッターはなにをお召し上がりに」

「牡蠣《かき》を一ダース。ムール貝、マテ貝、つぶ貝を四個ずつ。あとは適当に」

「エビも入れましょう。甘くてすごくおいしいから」

女はおおらかに笑う。

港を蔽うあけっぴろげの空が、黒ずみながら密度の濃い青を深めている。港の外から遠い潮騒《しおさい》が聞こえてくるようである。街灯が瞬き、並んでいる舟の灯《あか》りが静かにゆらゆらしている。

やがて、ひと抱えもある大振りの銀色の皿を、女が慣れた手つきで運んでくる。牡蠣と貝とエビがびっしりのって、華やかに鮮度を競っている。牡蠣は、丸いの、長いの、小さいの、大きいの、いろいろである。

緩い潮風が渡り、手にしたシャンパンのグラスを嬲《なぶ》る。

冷えたシャンパンを、ひときわ鋭く柔らかく芳醇《ほうじゅん》にしたのは、生牡蠣の見事なしわざである。これほどシャンパンに合う食べ物はないと思われる。

殻の内側に張りついた身を剝《は》がし、レモンを絞る。

舌にのせると、味蕾がすばやく酸味と潮味を感知し、官能的な海の匂いがふわりと立つ。触感はひんやりと冷たいので、ずいぶんと清楚《せいそ》で可憐《かれん》なふりをしていて、たしかにそうなのだが、一方でぬるりと、相当に淫猥《いんわい》な粘着質の肌触りもある。そもそも貝には、海から生まれたせいもあって、なにやら神秘的なところはある。とりわけ生牡蠣は複雑微妙な風味が三層にも四層にも重なり絡み合っている。マチスの明晰《めいせき》があり、モネの繊細があり、エドヴァルド・ムンクの憂鬱《ゆううつ》さえがひそんでいる。殻を被《かぶ》った姿のままなら何事も生じないが、ひらくと様相が一変する。形状がなかなかのもので、エロスの海域である。安部公房《あべこうぼう》は生牡蠣を女性の性器に似ているといって旨そうに食べた、となにかの本で読んだことがある。こういう即物的なものいいはどっきりするが、しかしいっそさっぱりばっさりとしていて、あと腐れがない。小説家もそのあたりを意識したのだろうか。まじまじとみつめられては困るという剝《む》き身の容姿である。

　勢いにまかせてもうひとつたとえれば、奥の奥までといわずとも、少年ならば昂奮《こうふん》のあまり気を失いそうな、友人の姉の、なにかの拍子で見えてしまった内股《うちまた》、あるいはお尻に近い太腿《ふともも》の裏。陽に当たったことも人眼に晒《さら》されたこともない、生まなまと滑らかな白い聖地である。

　しかしそれに歯をたててしまえば、柔媚《にゅうび》な甘みがぬるぬるとあふれ出る。舌で躍る旨味そのものは可憐どころか爛熟《らんじゅく》。舌のその奥で、食道は、もの欲しげにいそいそと蠕動《ぜんどう》を開始していて、噛むさきからするりと曳《ひ》きずり込んでしまう。その喉越《のどご》しがことのほか心地よく、呑み込んでしまえば、あとにはなおひんやりとした口中に、澄んだ潮のさざ波が曳かず漂い、清爽《せいそう》な余韻を響かせている。

それが、シャンパンのきりりとした風情《ふぜい》に共振する。大小六つほどの牡蠣が、つぎつぎと胃に落ちていった。

旨いと呻《うめ》き、ひと息ついてゆっくりとシャンパンを空ける。口中はむやみとめでたい。やおら七つ目の牡蠣にレモンを垂らす。

港の灯りとテーブルの蠟燭《ろうそく》のゆらめく光を浴びて、銀色の皿のうえで今宵《こよい》の宴《うたげ》を愉しませようとさまざまな貝が身を寄せ合い、艶《つや》やかに照り、慎《つつ》ましく翳っている。陰影がレンブラントの絵のようにひそやかできれいである。旨いものは見た眼に美しいのだよと貝たちがひそひそささやき合っている。

手を挙げると、サーヴィスの女がメニューを胸に抱えてくる。

「プラッターを平らげたら、あとはもうパスタとワインがあれば、それでもう十分だと思うんだが」

「あらら。パスタのメニューをごらんになる」

「いちばんおいしいのをください」

「ボンゴレはいかが。おすすめです。アサリはすごく新鮮だし、パスタは自家製の生ま。ウチはバターもクリームも使っていないんだけど、ほんとうにおいしい」

「アルデンテ」

「もちろんアルデンテですよ。だって、シェフはナポリからきているし、わたしはミラノ」

「イタリアの味ということ」

「おっしゃるとおり」

シーフードプラッターが終わると、パスタはすぐに出てきた。

ボンゴレ。

これが生牡蠣の充足を蹴散《けち》らすほどのできばえであった。

ナポリだのミラノだのといっても、具体的な味が想像できたわけではないが、麺《めん》をフォークに絡めて一口、アサリを一口やるたびに、これこれと感嘆の声が喉もとから高まってくる。パスタにもレベルの違いというものがある。

麺の茹《ゆ》で汁と合わせてクリーミーになった上質のオリーヴオイルの香りが、馥郁《ふくいく》といってよいほどにニンニクの香りと一体になり、鼻孔を柔らかく刺激し、思わずうっとりさせられる。それがこの皿のだいいちの決め手。ナポリのシェフの手練《てだ》れを、首を捩《よじ》って眼にしたくなる。やや細めの麺はアルデンテといっても硬すぎることはなく、手打ちの麺なので心地よいもちもち感があり、ほどよい歯応えは、フランスで何度か食べた柔らかすぎるパスタなど足もとにも及ばない、上々の麵。

これにアサリの出汁《だし》と、オリーヴオイルとニンニク、それに唐辛子の辛み、さらにアンチョビの風味がバランスよくまとわりつき、アサリとそれにイタリアンパセリなど幾種類かの香味野菜といっしょに嚙めば、旨味は口中の皺という皺に沁《し》み入り、口壁をぐいと押しひろげる。なるほどバターもクリームも使う必要などまったくないのだという正解を披露している。調理の腕さえあれば、調味料は、唐辛子と二振りの塩だけで十分であるらしい。飾らず、端的で、脇見をしない。ボンゴレごときであるが、華麗といっても豪奢《ごうしゃ》といってもよい、完全に雑味を排した、それこそボンゴレだけに許された純粋培養の旨味。たしかにこれはイタリアの味。しかもニースの港にあるこのイタリアンのパスタは、本場のどこかのそれをも十分に超えているかと思われる。

イタリアでパスタを食べ日本に戻って食べると、高級店でも、同じような麵を使い高級な具材を使いながら、どうして違いが出るのかといつも不思議に思う。それもパスタに限ってのこと。水が違うのか、風土が違うのか。あるいはじつは、調理の力ではないかとひそかに思うことがある。といっても、おそらく技術ではない。調理の繊細さならば日本人シェフも負けないが、イタリアの厨房はむしろもっと雑で、繊細さよりは力強さに優れていて、気合の入れ加減が違うのではないか。ニースの港のシェフは、素早く手際よくフライパンを振りながら、客の舌を翻弄《ほんろう》しようと攻撃的な横顔を見せていそうである。

至福の旨味が口中で羽ばたき、羽音が残っている舌を、白ワインで洗う。酔いは、ワインではなく牡蠣とパスタのせい、といってはいいすぎか。こちらを見て眼が合ったサーヴィスの女に、両手でハートの形をつくってみせる。女が一つ大きく笑う。

エスプレッソを頼む。

港の灯が静かになっている。上空の青みがすっかり消えて、星明かりになっている。秋の風が少し涼しい。潮の匂いが港に滞っている。


レンタカーから鉄道に乗り替えて、気楽に、マルセイユ経由でパリへ戻る予定である。

旅程が尽きてきているので、マルセイユでは一泊のみ。観光に興味はないから、南仏の旅の仕上げにスープ・ド・ポワソンとムール貝のワイン蒸しでも食べればそれでよいと思っている。パリのホテルの、レストランの予約やらなにやらでずいぶん世話になったコンシェルジュたちには、少しばかりみやげも買った。もうすっかりパリへ戻る気持ちである。

ところが、出発の前日、ニースの鉄道駅でだしぬけにトラブルが発生した。

鉄道会社のストライキである。往路で東へ向かう道中、たしかマルセイユを抜けたあたりで、ガソリン会社のストライキに遭いどっと汗をかいた。一か月のあいだにこれで二度目である。

ストライキとは知らず、ニース駅で翌日のマルセイユ行き、それに明後日のマルセイユからパリ行きのチケットを買おうと、クレジットカードと現金を持って、ホテルを出た。

何事によらずフランスでもほとんどカード決済ができるのだが、現金も持ったのには理由がある。

じつは、パリを出る数日まえに、アヴィニョンまでTGVに乗るべく、ホテルのコンシェルジュにカードを渡しチケットを買ってくれるよう頼んだ。コンシェルジュは気安く引き受け電話をしてくれたのだが、フランス語でやりとりしたあと「日本で発行したカードは使えないといっています」という。まさかと思い、何度か問い合わせてもらったが、結局、使えないと判明した。それでも親切なコンシェルジュが、顔見知りでもあったせいで、「わたしの個人カードで買いましょう。その分、現金で返していただけますか」といってくれ、無事に購入ができた。カードと現金を持って出たのはそのせいである。

昼過ぎのニース駅はごった返していた。

そのなかをチケットの窓口へいくと、しかし閉まっている。

人混みを掻《か》き分け、駅員をつかまえてようやく、明日はストライキなのだと知った。

「だから窓口も今日からひらいていないのです」

「明日マルセイユへいく予定です」

「マルセイユまでは明日も走ります。鉄道の会社が違いますから」

「チケットはどこで」

「そこの券売機で」

「現金は使えますか」

「カードだけです」

「日本で発行したカードは使えないとパリで聞きました」

「試してみたらどうです」

駅員はあっさりいって、人混みに消えてしまった。

念のためにと思い、長い行列に並ぶ。

やはりカードは使えない。券売機の英語の指示どおり、出発地や行先、チケットの種類などのほか、メールアドレス、モバイル番号、氏名、誕生日、カード情報など、夥《おびただ》しいといえるほどの項目を順に入力し、最後にカードを挿入しろと出たので差し込み、指示にしたがって暗証番号を入れるが、「このカードは使えない」と無情な表示が出る。券売機は構内に七、八台あり、行列がある場合とない場合とがある。同じように見えるのだが、行列の隣にいる客に訊くと、行列のないところは壊れているからだと笑う。「よく壊れるんです。行列のある券売機だったら使えますよ」

べつの券売機三台ほどに並び、また延々と時間をかけて項目を入れ試してみるが、最後のところでわかりきったように「このカードは使えない」と出る。使える気配はまったくない。パリも地方の駅も同じことのようである。つぎつぎに乗車券を購入していく客が恨めしい。

明日のマルセイユでは、レストランの予約はないが、ホテルは決まっている。明後日からのパリのホテルもレストランも、予約が終わっている。明日はなんとかマルセイユまでいき、明後日はパリへと向かわなければいけない。

途方にくれる。

空腹を覚え、隣のカフェにいく。ともあれ腹ごしらえとつぶやく。

ハムとクロワッサンを食べる。

まずはマルセイユまで、である。バスの便を確かめてみるか、それともまたレンタカーにするほかないかと思う。マルセイユまで約二百キロ。車なら二時間あまりである。

駅の構内へ戻る。

さっきよりずいぶん人が少ない。乗降客はいるが、券売機の行列はずっと短い。誰もがチケットを手に入れて立ち去ったのだろう。未練気に券売機の列を眺める。ふと、もう一度試してみようか、という気になった。ダメに決まっているがひょっとしたら、と思ってみる。なんとなくだが、そう思った。

すぐ近くの券売機のまえに立つ。

何度か試しているので、手順はもう慣れたものである。出発地、行先、チケットの種類などを順に、最後にカード挿入と進んで、暗証番号を入れる。

すると、どうしてか「このカードは使えない」という表示が出てこない。かわりにほんのかすかだが券売機のなかでささやくような音がする。おや、と思う。

眼を瞠《みは》る。

下方の窓から、するっと白い紙きれが出てきた。ニースからマルセイユまでのチケットが出てきたのである。

急いでカードを曳き出し、すぐにもう一度差し込み、出発地のところへマルセイユと打ち、目的地にパリと打ち、順を追って、最後に暗証番号を打ち込む。すると、なんと明後日のパリ行きのチケットも、あたりまえのようにするすると現われた。

狐《きつね》につままれる、というのはこのことかもしれない。

券売機が、ようやく正常に作動したのだ、と思う。深く安堵する一方で、これだけ試してやっと使えたというのはどうしたことか、と腹立たしくもある。何度か試みれば、正常に作動するではないか。
しかし、たぶんそうではない。
券売機がもう一台壊れたのである。

雨のセーヌとトリュフのスープ

パリ

パリへ戻って三日ほど経《た》つ。

南仏をまわっていた一か月分秋が深まっている。ポン・ヌフから眺めるセーヌ河畔は色褪《いろあ》せ、風景は茶色である。

シテ島へ渡り、ドフィーヌ広場に面したカフェのテラス席に座る。カフェ・クレームと文庫本でしばらく時間を過ごす。若い客で混んでいる。午後の陽射《ひざ》しが柔らかい。

昨日も今日もルーヴルにいった。二日では到底観《み》きれるものではないが、観きるつもりもない。三時間ほど、散策するように絵画や彫刻に囲まれ、出てくる。それでいくつも発見があり、充《み》ち足りてくる。ルーヴルは人が多いが、混雑しているのはモナリザのまえくらいで、有名な絵だからといって観る者同士の身体《からだ》が触れ合うようなことにはならない。たとえばフェルメールの絵のまえなど、首を傾《かし》げるほど人がいない。日本だったらこうはいくまい。明日も二、三時間観てまわる予定である。

これといった目的もない旅行者にとって、パリは、セーヌがありいくつもの美術館があり、それに散歩が愉《たの》しめる細い路地とカフェがあればいい。それで十分である。

カフェがあるからパリの街は成立する。カフェのないパリの風景は想像がむつかしい。一人の時間を過ごす、待ち合わせに使う、グループでくつろぐ。気軽な交流の場で、街なかの腰掛とでもいうように、さりげない風情《ふぜい》でパリの生活に溶け込んでいる。ボーヴォワールは「カフェがなければ恋は生まれない」といったが、恋どころかパリの日常は生まれないのである。

パリのカフェは、十八世紀初頭には三百軒もあり、十八世紀末には二千軒を超えていたという。パリ最古のカフェは十七世紀末に生まれたプロコープという店で、この店は最初の文学カフェでもあってヴォルテールやモンテスキューが通い、繁盛したそもそもの理由は、その日のニュースを店に貼《は》り出したからだとものの本にある。また劇場のすぐ近くだったので、俳優や作家、観劇客が集まったといい、情報交換と交流の場として最初の店でもあったらしい。

シテ島を少し歩いてから、左岸へ渡り、サン・ジェルマン・デ・プレからモンパルナスあたりを散歩しようとなんとなく思っている。予定はとくにない。路地の、気が向いた店やギャラリーでも覗《のぞ》き、またどこかカフェに座ればよい。

パリは右岸か左岸か、というとき、「金を使うのは右岸、頭を使うのは左岸」といわれていたらしい。いいえて妙だが、そんな色分けもやがて崩れていく。決定的だったのは、一九九〇年代にルイ・ヴィトンをはじめさまざまな高級ブランド店がサン・ジェルマン・デ・プレの風情を変えたことらしい。右岸と左岸の「金」と「頭」のバランスがあやしくなった。東京の街区から個性が失われたようにどんな街も時代の波に洗われる。一九七〇年代前後のサン・ジェルマン・デ・プレにはまだしっとりした情緒が漂っていたように思われるが、訪ねるたびに変貌してきた。一九七〇年ころにヒットしたシャンソンに「わたしのサン・ジェルマン・デ・プレはどこへいった」と歌う情感たっぷりの曲があるが、この街を歌うシャンソンはもう生まれそうにない。サン・ジェルマン・デ・プレはどこかへいってしまったのである。

それでも旅行者の足がつい左岸に向くのは、かつて文化の拠点としておおいに盛りあがった界隈《かいわい》があり、著名な文化人たちがたむろしたカフェがそのまま地図どおりに散在していたりして、往時の残滓《ざんし》がいまも漂っているような錯覚のせいもあろうか。それらのカフェはいまほとんど観光名所と化して、もはやかつてほどの文化を発信することなどないだろうが、ずいぶんと賑《にぎ》わっている。

パリにはかつて文化の拠点と呼ばれるような、画家や作家や音楽家や映画人たちが寄り集った街区があった。

十九世紀末から二十世紀初頭には右岸のモンマルトルが賑わい、それが「狂乱の一九二〇年代」といわれた時代に左岸に移ってきた。アメリカ人が大量にパリへ押し寄せた時代でもあり、なかにまだ若いスコット・フィッツジェラルドやアーネスト・ヘミングウェイがいた。

ヘミングウェイの『移動祝祭日』(高見浩《たかみひろし》訳)には、ある日、サン・ジェルマン大通りを歩いていてジェームス・ジョイスとばったり出会い、一杯つきあってくれといわれいっしょにカフェのドゥ・マゴに入った、という記述がある。百年も昔のことだがドゥ・マゴはいまも健在である。また、モンパルナスの「ラスパイユ大通りとの交差点にある三つの有名カフェには顔見知りの連中がいたし、会えば言葉を交わす連中もいた」ともある。「三つの有名カフェ」とはセレクト、ロトンド、ドームのことで、これらも健在。この交差点から少し離れたところにあるカフェ、クロズリー・デ・リラは、いま観光客は少ないが、ヘミングウェイがホーム・カフェと呼んだ店である。「私はクロズリーの隅の席にすわり、午後の日差しを肩に浴びながらいつものノートに書きはじめた。ウェイターがカフェ・クレームを運んできてくれた。すこしさめたところで半分ほど飲むと、カップをテーブルに置いたまま書きつづけた。」

へミングウェイはここでいくつもの名短編とともに『日はまた昇る』を書いた。このカフェにはアンドレ・ジイドやギヨーム・アポリネールも通ったという。カフェは、文学者たちの日常の場であった。

モンパルナスが文化の拠点となっていたわけだが、右岸にもモンマルトルを中心にジャズクラブが繁盛し、パリはアメリカから侵入したジャズの洗礼を受けた。デューク・エリントンやルイ・アームストロングなどが演奏し、客にはへミングウェイやフィッツジェラルドや妻ゼルダ、ジャン・コクトーやピカソ、藤田《ふじた》嗣治《つぐはる》などが顔を揃《そろ》えたという。

ウディ・アレン監督の映画『ミッドナイト・イン・パリ』にはこの時代のジャズクラブやバーが実名で登場する。

ウディ・アレンによれば、この映画は、最初タイトルだけがあり、パリのロマンティックな真夜中をどうすればいいかと考えた末に、ストーリーのアイデアが浮かんだのだという。

パリへ旅行にきたアメリカ人が、深夜になると、一九二〇年代へ、さらには十九世紀末のベル・エポックの時代へとタイムスリップする話である。

コクトーが主催したというパーティに迷い込むと、フィッツジェラルドや妻ゼルダ、それにジャズの作曲家コール・ポーターなどが現われ、「狂乱の一九二〇年代」の舞台となったジャズクラブ、ブリックトップの賑わいにも紛れ込む。モンパルナスやサン・ジェルマン・デ・プレにシーンが移ると、バー、ポリドールでヘミングウェイが飲んでおり、さらにピカソやサルバドール・ダリ、マン・レイやルイス・ブニュエルなどが登場し、また時代が遡《さかのぼ》ればレストラン、マキシムのシーンとなり、キャバレー、ムーラン・ルージュのシーンとなり、今度はロートレックやゴーギャン、ドガなどが現われて、全編しゃれたパロディとなっている。

パリのジャズシーンは、第二次大戦が終わると、改めて花を咲かせることになる。サン・ジェルマン・デ・プレの路地には、一九四七年には有名なジャズクラブ、クラブ・ド・タブーが、一九四八年にはやはり有名なクラブ・サン・ジェルマン・デ・プレが開店して、エリントンやチャーリー・パーカー、マイルス・デイヴィスなどが出演、熱狂的な夜が出現することになった。

ボリス・ヴィアンの『サン＝ジェルマン＝デ＝プレ入門』（浜本正文《はまもとまさふみ》訳）には、当時のクラブの喧噪《けんそう》ぶりが大量の写真で紹介されている。酒とセックスと歌と踊りの大騒ぎである。本のなかでヴィアンは「１９４７年７月〜８月は、お祭り騒ぎのピークだった。店を出てゆく深夜の客の騒々しさに腹を立てたドフィーヌ街の住民は、しばらく前から中身の詰まった溲瓶《しびん》を不心得者たちの頭上に熱心にぶちまけはじめていた。もちろん、客の方も負けずにボルテージを上げる。」と書き、またクラブ・ド・タブーの客は「毎夜毎夜、最低10人の名士と30人の有名人。ファッション・デザイナー、モデル、50人〜60人のカメラマン、ジャーナリスト、駄文書き、学生、ミュージシャン、アメリカ人、スウェーデン人、イギリス人、ブラジル人」であったと。

この時期、パリの文化の拠点は、モンパルナスからサン・ジェルマン・デ・プレへと移ってきている。

カフェでは、ドゥ・マゴとともにいまも健在なのはリップとフロールなどで、サルトル、ボーヴォワール、カミュ、ピカソ、コクトー、プレヴェール、ヴィアンなど錚々《そうそう》たる顔ぶれの棲《す》み処《か》となり、実存主義はこれらのカフェで誕生したといわれる。彼らは、食べ、飲み、喋《しゃべ》り、くつろぎ、仕事をした。深夜になるとジャズクラブへと繰り出した。

そのなかで「デ・プレのミューズ」と呼ばれて彼らのあいだを蝶《ちょう》のように舞っていたのが、まだ無名だったシャンソン歌手のジュリエット・グレコである。

『パリ左岸　1940―50年』によれば、一九四八年の春のある日、グレコは歌手になるべくサルトルから詞をもらい、その足で曲をつけてもらおうとカフェ、フロールにいって、電話でジョセフ・コズマを呼び出した、とある。名曲『枯葉』の作曲家で、このシャンソンはグレコやエディット・ピアフが歌い、のちにマイルス・デイヴィスやビル・エヴァンスなどのジャズ・ナンバーにもなった。

『パリの空の下』もまたグレコやピアフが歌ったシャンソンである。歌のなかに「パリの空の下、恋人がゆく」という歌詞がある。グレコもまた、セーヌ河畔を恋人と歩いた一人であった。生涯幾人の恋人がいたかわからないという歌手であるが、一九四九年五月のお相手はマイルス・デイヴィスである。

マイルスは、パリ国際ジャズ・フェスティヴァルにアメリカから参加、初めてのパリであった。このとき、会った瞬間に二人は恋に落ちたという。

グレコが二十二歳、マイルスは二十三歳。言葉はたがいに通じなかったが、突然の激しい恋だったと語り草になった。フェスティヴァル期間の数日に限った関係で、以降はパリとニューヨークで何度か会い、愛し合ったものの、結婚はおろかいっしょに住むこともなかった。が、関係は幾年にもわたって続いたという。

ヘミングウェイは『移動祝祭日』巻頭のエピグラフに、「もし幸運にも、若者の頃《ころ》、パリで暮らすことができたなら、その後の人生をどこですごそうとも、パリはついてくる。」と書いた。グレコとマイルスにとってパリでの時間は、暮らしたというにはあまりに短かったが、パリはいつまでもついてきたようである。

グレコは歌手になったばかりのころ、まだ無名に近かった俳優マーロン・ブランドとも親しかった。『パリ左岸　1940―50年』は、グレコが「ブランドと同じく世界的な名声を博したのは黒のミニドレスを身にまとい、実存主義の歌を唄《うた》って南北アメリカ大陸を巡業して回り、ハリウッドの大立者を魅了したから」だと書き、また「ブランドとグレコは、一匹狼《おおかみ》であり続けた。」と書いたあと、「パリが彼らをそうさせた。」と端的に評している。

たしかに、グレコが呼吸した空気は、その時代のサン・ジェルマン・デ・プレにあったパリそのものである。サルトルやボーヴォワール、カミュやコクトーらが中心となった、一大文化拠点の革新的で自由な世界であった。同性愛者たちも堂々と闊歩《かつぽ》した。黒人差別もなかった。その精神は、当然のようにジャズの熱狂的で奔放なリズムとも呼応した。グレコとマイルスの衝撃的な結びつきと関係は、この時代を象徴していたのかもしれない。

パリが彼らをそうさせ、パリは彼らについてきた、のである。

いまパリに暮らす人々にも、パリはついてくるのだろうか。

余談とはいいたくない、余談である。

カフェ文化とトイレの話。

街を歩いていて、用を足したくなったら、東京ならばコンビニであろうが、パリなならばカフェである。東京のコンビニと比較できるくらい、パリにはカフェが多い。多くないと困るのである。街なかでそろそろ危ないとなって見まわしたとき、どこか眼《め》につくところに看板が出ていてほしい。これもまた、パリのカフェ文化。生活に溶け込んでいるはずである。

フランス人はカフェが好きで、それもテラス席である。この時期やや肌寒くてもテラス席で食べたり飲んだりすることが多く、満員に見えても店の奥は空《す》いていることが多い。照明も暗い。奥に入ってくる客はたいていトイレにご用なので、店員も承知していて、シルヴプレというまえに地下だとか奥だとか手で招いてくれる。

トイレだけ利用するのは悪いからといってお茶を飲む必要はない。通りすがりに、奥へと入っていけばよろしい。少し繁華な通りならば、カフェは軒並みである。トイレがきれいそうなカフェを物色すればよい。

歳《とし》を食ってから次第に堪《こら》え性《しよう》がなくなった。尿意をもよおすとがまんができない。パリの散策は老人にこそ恰好《かつこう》である。

ただ、東京でコンビニ探しに苦労する街区があるように、なかなかカフェがみつからないということもないではない。賑やかそうな通りまで出るしかないが、とくに困るのは、セーヌの河畔かもわからない。河畔には当然ないが、河畔沿いの通りにもあまり見当たらない。散策の人々はどうしているのであろうか。岸辺に下りてしまえば木立ちのもとに適当な繁みを探すことはできようし、なんなら河へ直接という方法もないではない。セーヌに虹を描くとは、なんと気持ちがよさそうではないか。もちろん相当に勇気の要ることであり、あまりすすめられることではないとしても。

陽が傾いたので、サン・ジェルマン・デ・プレをあとにし、地下鉄で右岸のフォブール・サントノレへ向かう。高級ブティック街のなかに、ホテル・ル・ブリストルがある。このところずっと、パリではこのホテルに泊まることにしている。

街路の騒音が遮断されて落ち着いた装いのひろいロビーに入り、コンシェルジュデスクで部屋のキーを受け取る。番号や名前を伝えずとも出てくる。顔を覚えてくれたらしい。気持ちがホテルに馴染《なじ》んでいるのを覚える。ニースからマルヤイユを経由してパリへ戻り、ホテルに着いたときも、顔見知りのドアマンやコンシェルジュに穏やかな笑顔で迎えられながら、ホーム・ホテルに帰ってきたという温かい感慨があった。

このホテルの居心地がいいのは、ひとえにスタッフの応対のせいである。まえに、ホテルのメインダイニング、エピキュールのスタッフたちの佇《たたず》まいについて書いたが、それと同じで、礼儀正しいがホスピタリティの押しつけがないのがいい。コンシェルジュにしても、なにか訊《き》いたり頼んだりすれば熱心に応《こた》えてくれるが、ゆったり構えた風情は客の気分も落ち着かせる。最上クラスの伝統的なホテルであることは当然意識のなかにあり、高いレベルで客を満足させてきたというプライドがあるのだろう。物腰にそのゆとりがあって、客は自然体のまま安定したくつろぎのなかにいることができる。

部屋へ戻る。

ひと休みしてからシャワーを浴び、夕食に出かける。

今夜はパヴィヨン・ルドワイヤンというレストランである。

昨夜のレストランは失敗であった。ポン・ヌフのたもとに新しく建ったばかりのホテル、シュヴァル・ブランの七階に手ごろなブラッスリーがあるというので、予約し出かけた。セーヌとエッフェル塔が見え左岸を見下ろすというロケーションは文句なくよいものの、肝心の料理が残念であった。三種類の前菜とグラスワインだけを注文し試したのだが、「オニオン・グラタン・スープ」は、パイのバター風味が強く、玉《たま》葱《ねぎ》は大量と思われるバターで炒《いた》めてあり、「さまざまなキノコのタルト」にはやはりバターそのままかと思われるようなクリームが掛かり、最後の「エビのラビオリ」もパスタにバターを詰め込んだかと思うほど。姿かたちは違うのに、味を見分けるのが困難といってよさそうな仕打ちで、胃も肝臓も慄《おのの》くばかり。真新しい高級ホテルのレストランのせいか満員で、いかにもスノッブでおしゃれな客が多いが、男女問わずどの内臓もバターまみれになっているかと思うとこちらまでクラクラしそうになり、どの皿も半分以上残して退散した。

パヴィヨン・ルドワイヤン。

ホテルから近いので歩く。宵《よい》の口の光が煌《きら》めき始めたシャンゼリゼ大通りを渡り、左へ、プティ・パレのすぐ隣にある。郊外かと思われるようなひっそりとした木立ちの奥に、十九世紀半ばの建造だという豪壮な建物が窓から燦々《さんさん》と光を撒《ま》き散らし輝いている。玄関で出迎えられ、吹き抜けのひろびろとした階段の厚い絨毯《じゅうたん》を踏んで二階に案内される。ここまでのアプローチがすこぶるいい。上質な美食への前段としてまことにふさわしい。

窓際に座る。ひろい店内の各テーブルは、几帳《きちょう》のように天井から下がる半透明の布で仕切ってある。照明は暗い。薄暗がりといってよいほどに暗い。この館で、昔ナポレオンとジョセフィーヌが食事をしたというが、こんな暗がりのなかで皇帝は美しい年上の妻の手を握りしめたのだろうか。

眼のまえのショープレートには、二つ折りのカードが置いてあり、客の名前がプリントしてある。メニューである。暗いので読みにくそうにしていたら、サーヴィスの男が卓上のランプを引き寄せてくれた。部屋が暗いのは、あるいは外の街灯《まちあか》りを意識してのことだろうか。遠くにエッフェル塔が見え、そのサーチライトがゆっくりとまわってきて雲を照らしている。

アミューズは、玉葱のタルト。

テーブルに着くまでのアプローチの先端でアミューズがひそかに待ちかまえ、舌を出迎える。優雅な晩餐《ばんさん》の始まりを告げる鐘のようである。

小さな輪切りの玉葱をタルト生地と絡めて口に運ぶと、ケーキのような強い甘みが酸味を伴い、それに微《かす》かな動物性の旨味《うまみ》がすんなりと寄り添う。ほんのりチーズの匂《にお》いを残して喉《のど》に消える。一口サイズのなかに、複雑微妙で濃い旨味が、ここまで手間をかける要もないだろうにと思えるほど贅沢《ぜいたく》にぎっしり詰まっている。舌に残った味をシャンパンで溶かす。旨味がつかのま倍加する。

メニューに、季節のバラード、と読める皿。

レタス、ベビーリーフ、ホウレン草、柿、アヴォカド、チーズなどを大きな平皿いっぱいに盛り、これにゴマやハーブを散らし、中央に掛かるソースは出汁《だし》と酸味の効いたジェル仕立て。前菜のまえにちょっと遊んでみました、というなんでもない皿だが、ソースには舌を小躍りさせる技が煌めいている。

手の込んだ前菜の一つは、コーラル・ジュースとヴァン・ジョーヌ（黄ワイン）の香り、とメニューにある。カニとカリフラワーの皿である。

生《な》まのカリフラワーの花蕾《からい》を粗いみじん切りにし、これをカニのほぐし身と和《あ》え、ソテーして焦げめのついた香ばしいカリフラワーのうえにざっくりとのせてある。最後にぱらりと小口切りにした細かいアサツキ。不思議な皿で、こういう食べ方は初めてである。

アルベールに似たソースが敷いてあるのも興趣をそそる。これがじつに感銘を与えるできで、ソースだけならフランス随一かといわれるレストランだけある。サーヴィスの男に「ソースはアルベールですか」と訊くと「そう、似ていますね」とうなずく。

アルベール・ソースといえば、かつてマキシムが舌ビラメに使いスペシャリテになった皿、と有名で、乱暴にいえば、玉葱とキノコを炒めて白ワインを加え、魚の出汁、野菜の出汁とフォン・ド・ボー（仔牛《こうし》と野菜で取った出汁）とを合わせ、煮詰めたり濾《こ》したりしたソース。

「でもワインが特別でしょうし、フォン・ド・ボーはあまり使っていない感じですね」

「よくおわかりで」

生まのカリフラワーの微かにシャリッとした歯応えも面白く、ソテーしたほうも味が強すぎず玄妙な味わいで、とくに手練を誇れる類《たぐい》の皿でもないように思われるのに、カリフラワーとはこんなに風味のある野菜だったかと知らされる。女ならば、二人目の男でようやく歓《よろこ》びを知り始め、狎《な》れてはいるが、しかしまだどこかたどたどしく、初々しさは隠せない、というような皿。清新な味わいである。

もう一つの前菜は、エビのドーナツ、という皿。

フォアグラを赤ワインを交えて練り込んだ趣のムースの周りに生まのウニをのせ、火を入れた小指の先ほどの剝《む》きエビがあしらってある。淡い光のなかで、ムースは濃淡の茶色とオレンジ色が寄り添い、旨そうなグラデーションをなしている。艶《つや》やかな表面にきらきらと脂が浮いた様子は、なにやら見るからに好色。テーブルの下の暗がりから、エロスがぬっと顔を出した気配である。スプーンで掬《すく》い口に運べば、舌のうえでフォアグラとウニとがたがいにねっとりとしがみつき、まさぐり合っている。旨味が急上昇し、これ以上にあからさまな猥褻《わいせつ》はあるまいと思われる。女ならば、生まれついての色欲は隠しようがないという風情、どんなに貞淑を装おうがついはらはらと零《こぼ》れ落ちる。好き者だから名うての床上手《とこじょうず》でもある。プリプリと丸まったエビはまさか発情して硬直した男、というわけでもあるまい。それにしてはやや小さすぎる。

味蕾がふと、ムースの奥に潮の香りのようなささやかな尖《とが》りを覚えたので、

「ムースの出汁に海藻のようなものを使っているんですか」

サーヴィスの男に糺《ただ》してみると、

「そんな味がするかもしれませんね。でもそれはきっとウニのやつが企《たくら》んでいるんでしょう。フォアグラと赤ワインを組み合わせるのは古典的なフランス料理ですから」

「でも最近フランスのみなさんは、ずいぶんと日本の味にご興味がおありで」

男は笑い、

「おっしゃるとおりです。それにしてもムッシューは私などよりずっとソースにお詳しそうですね」

顔を覗き込むが、揶揄《やゆ》しているようでもない。

「まさか」

男はテーブルを離れ、しばらくして恰幅《かっぷく》のいい男を連れて戻ってきた。

中年の男は、微笑を浮かべ、

「シェフをお席にお連れしましょうか、それともお客さまを厨房《ちゅうぼう》にご案内いたしましょうか」

と驚いたことをいう。顔を見返すと、

「どちらにしましょうか。シェフが、よかったら厨房にお連れして、といっております」

冗談をいっているわけでもなさそうである。厨房を覗かせるのも一種のパフォーマンスか、と思う。

「だったら、厨房へ」

と応える。

「いまちょうどメインの準備をしているところです」

男は背後にまわって椅子《いす》を曳《ひ》いてくれる。


厨房は、一階にあった。

階段を下りると、ドアの先に煌々《こうこう》と明るい空間がひらけ、磨かれた銀色の調理台が眩《まぶ》しく光り、何十人もの料理人たちが立ち働いている。近くにいた何人かが親しい笑みをつくり「ボンジュール」と挨拶《あいさつ》を送ってくる。そのなかから、サーヴィスの男に促されて、料理人が眼のまえの調理台のむこうへ歩み寄る。

「これからお客さまのメインを仕上げます」

底の深いフライパンを見せる。なかにはハーブとともに二切れのピンクの肉が半透明の薄い皮を被《かぶ》って仕込まれ、油をまとっている。

「ハトの肉を豚の背脂で巻いています」

脇《わき》から、アシスタントらしい若い男が、ぼうぼうと炎に包まれた金属の漏斗《ろうと》を、長い柄をつけて差し出し、フライパンのうえにかざす。

「熾《おこ》った炭が入っています。これを通して豚の脂をハトの肉に注ぎながら同時に火を入れます。一種のスモークですが、こうして焼くとハトに香りが出てきます」

アシスタントが漏斗に油脂を入れる。漏斗の火がさらに燃え上がり、高温の脂が炎となって勢いよくハトの身に落ちかかる。フライパンからも炎が立ち上がる。

「これにもう少し調理を加えてから、テーブルにお運びします。しばらくお待ちください」

ダイニングに戻り、ワインを赤に替え、待つ。

メインのハト。

「もう少し調理を加えて」とはなんだったのか。

それは調理の気配をあとかたなく消し去る、という仕掛けであった。すなわち、白い皿に、キャベツの葉を褥《しとね》に横たわったハトは、一糸まとわぬ裸だったのである。

背脂はすっかり剝《は》がして捨てられ、業火のような炎の熱もとうに冷め、滴った火の脂も跡かたなく、ただの生まの肉のように、胸肉だけが赤い肌を晒《さら》しぬめぬめと照っている。レトリックは一切なしの、削《そ》ぎに削いだ簡潔。句読点は皿の脇に、こんがり焼いた腿肉《ももにく》と、クルミのマッシュの小さな塊《かたま》り。

もちろん、ソースは掛かっている。とろとろと赤っぽいチョコレート色をしているが、そうそう奇を衒《てら》ったソースではない。昔から肉の臭みを消しキャベツとの相性もよいといわれるジュニパーベリー・ソース。ジュニパーベリーはマツのような針葉樹の実で、ブルーベリーに似た爽やかな味がする。いうまでもなく自家製のソースで、ハトのジュと赤ワインとを合わせてある。あるいは少しだけ内臓をペーストにして混ぜてあるかとも思うが、味蕾が動きかけただけかもしれない。いずれにしても、ソースは肉の香りと旨味を過不足なく支え、繊細な肉の邪魔をしない。

口に入れると、背脂や垂らした脂など豚肉の色彩は一切なく、スモークというほどの匂いもない。しかしさすがにただローストしただけのハトではない。味が濃く深みがあり、香気が揺れ出ている。あたかも一瞬野生が蘇《よみがえ》ったとでもいうように、果敢に香ばしい。匂うのではない。旨味と一体で、嗅覚《きゅうかく》ではなく味覚を刺激する香気である。

肉には、ほんの微かに血が醸《かも》す上品な鉄のささやきがあり、これがちょっと好色。触感はねっとりとして柔らかく、歯をあてると舌にとろりと寄りかかり、豊潤な旨味はふわりと羽をひろげて喉に消える。

凛然《りんぜん》として凄《すご》みのある肉、といってよい。眼を瞑《つぶ》り、陶然とする。

メインダイニングのエピキュールで遅い朝食を済ませ、秋にしては少し蒸し暑い曇天のなか、ホテルを出る。

初老のドアマンから「タクシーを呼びますか」と訊かれ「地下鉄にのるから」と応える。

「雨が降りそうですが、ホテルの傘をお持ちになりますか」

「けっこう。フランス人みたいに濡《ぬ》れればいいでしょう」

ドアマンは両手をひろげ、空を仰ぎ見る。

東の二十区にあるペール・ラシェーズ墓地に向かう。

パリ滞在もそろそろ終わりだが、まだドアーズのジム・モリソンの墓にいっていない。パリにくるたびに寄るのでいかないと忘れ物でもしたような心持ちになる。

墓地は相当にひろく、さすがパリだから有名文化人の墓も多い。観光名所というほどではないが、いつも旅行者がぽつぽついる。入り口のオフィスで地図をもらうが歩くたびに迷う。

人気のあった著名人の墓には花が絶えない。ショパンやピアフの墓の供花は端正に整えられている一方で、ジム・モリソンの供花は、なかでもいちばん数が多いといってよいが、思いおもいに置かれているからずいぶんと乱雑な印象である。かつて、抒《じょ》情的《じょうてき》かと思えば破壊的でステージで無茶ばかりやっていたようなロック歌手にはふさわしいかもしれない。彼が死んだ一九七〇年代初めが、自分にとって先が見えにくい不透明な時代だったことはまえに書いたが、同年代で、心の底に沁《し》みて共感していた曲の歌手が、まるで自殺したかのようにバスタブに浸《つ》かって死んだというニュースは、なんだか他人事《ひとごと》でないような陰鬱《いんうつ》な思いがしたものである。そのロック歌手は、二十七歳で詩人になりたいとバンドを抜け一人になり、女とパリに滞在して四か月目に死んでしまった。五十年あまり昔のことである。

墓に寄るからといって、ジム・モリソンを偲《しの》ぶような心持ちがあるわけではない。とりたててなにか理由があるわけではないのだが、寄ってみれば、ときにふと当時の自身を振り返るような気持ちが湧いて出る。ある者にとって、二十代も終わりという時代は、人生の変わりめだったのではないかと思われるものかもしれない。またある者にとっては、それからの人生の水勢や水位や水脈が決まったと感じられることもあるのではなかろうか。その良し悪しはともかく、若かった遠い時代が、屹立《きつりつ》して意味のあるエポックだったかと思われることがある。

映画『ミッドナイト・イン・パリ』を撮ったウディ・アレンは、撮影後のインタヴューで「パリは人類がつくり上げた最高傑作だ」と語っている。「どの大都市も文化的な要素を持っているがパリに並ぶ街はない」「音楽や文学や建築の最高峰が集まる聖地だ」と。

ウディ・アレンは映画によって、過去へと遡りながら文化の花が咲き誇ったよき時代のパリを切り取ってみせる。往時のパリへの哀切な思いのたけを、スクリーンいっぱいにぶつけたという感じである。パロディで笑わせながら、それぞれのシーンは、パリの文化へのオマージュにほかならない。

映画のテーマを、登場人物に端的にいわせている。

「過去は偉大なカリスマ」と。

それはパリという街にとっても、あるいは個人の人生にしても、同じようにいえそうである。一九七〇年前後の過去の時代は、自分にとって最大のカリスマだったのかもわからない。

それはともかく、じつは前回六年まえのパリ滞在は、映画『ミッドナイト・イン・パリ』におおいに影響された街歩きであった。

すなわちこの映画を観て、パリの旅を映画のままにやってみよう、と思いついたのである。

タイムスリップはできないから、映画に出てくる文化の拠点をつぶさに見ながらの散策ということになる。もっとも、映画はいきなり一九二〇年代に飛ぶが、第二次大戦後に文化の拠点となった一九四〇〜五〇年代のサン・ジェルマン・デ・プレもまた歩かないわけにはいかない。

パリも大戦に巻き込まれたとはいえ、地図までが塗り潰《つぶ》されたわけではない。高級ブティック街の裏には、路地や広場や教会などが昔のままである。歩いてみると、たとえばヘミングウェイがフィッツジェラルドに出会った路地はこのあたりかと察しがつくし、最初の妻と暮らした路地もそのままである。幾度も通ったというバーは何軒か現存し、ゆかりのカフェやバーの、彼が座ったという椅子にはご丁寧に名前のステッカーが貼ってあったりする。

旅のまえに予習を始めたのだが、カミュだのサルトルだのコクトーだの、ピカソだのダリだのと、資料を集めようとするだけで茫然《ぼうぜん》となり、取りかかったら最後、旅に出られるのは何年先になるのかわからない。それほどにパリの文化の拠点は、あまりに壮大で豊饒《ほうじょう》。勉強はそこそこにして、まずはウディ・アレンだけを下敷きにしつつ街を歩くことにした。三週間近く休暇をとって毎日せっせと歩きまわり、へとへとになってパリをあとにした。

東京へ戻ると、映画『ミッドナイト・イン・パリ』を改めて観た。

歩くまえに観たときよりも、些細《ささい》な発見がいくつもあって興を催したのだが、いちばん驚いたのは、アメリカからパリ旅行にきた登場人物たちが泊まったホテルである。最初観て見逃していたのが不思議で、これがじつは、何度も泊まっているブリストルなのである。ゆったりとして優雅なロビーの装いにしても、部屋のクローゼットの格子になった鏡張りのドアにしても、ブリストル以外のホテルではない。そればかりか一瞬だが字幕にホテルの名前が流れていたことにも気づいていなかった。

今回の旅もまたブリストルである。しばらくパリにこなかったのは、コロナのパンデミックのせいである。

そして今回、六年ぶりのパリで、ちょっと妙なことが起こった。

ペール・ラシェーズ墓地から、ピカソ美術館などをまわり、夕刻近くになってホテルへ戻ると、雨がぱらつき出していた。夕食のためにシャワーを浴びて着替え、ロビーを出ると、もう本降りである。

初老のドアマンが、

「これでも濡れていらっしゃいますか」

にやりと笑い、ホテルの傘を差し出す。

「タクシーですね。ほかのお客さまもいらっしゃるので少々お待ちを」

タクシーを待つあいだ、ドアマンが雑談を始めた。

「お部屋はいかがですか」

「申し分ありません」

「上階ですし、なかなかいいお部屋ですね」

「どの部屋に泊まっているか知ってるんですね」

「もちろんです」

そこで、男は顔を寄せ、声を小さくした。

「お客さまは『ミッドナイト・イン・パリ』という映画をご存知《ぞんじ》ですか」

突然なにをいい出すのかと思ったが、六年まえの、映画とパリ歩きとのいきさつは口にせず、

「このホテルが出てきますね」

と返す。

「お客さまのお部屋は、じつはあの映画の撮影で使った部屋なんですよ」

男は、驚いたでしょう、という顔をし、自分でも眼を丸くしてみせる。

「それは違うんじゃないかな。映画ではもっとひろい部屋だったと思います」

「いいえお客さまのお部屋ですよ。確かです。撮影したのは一部屋だけじゃないんですから」

男はそういったあと、秘密でも打ち明けるように、さらに顔を寄せ、

「じつはですね、お客さまのお部屋のすぐ近くに、いまムッシュー・アレンがご滞在です」

「いま、このホテルに」

「はい、いまです。またパリで映画をお撮りになるらしくて。長いご予定です」

声をひそめていったあと、男の視線が「おや」というように遠くへ動いた。視線を追って振り返ると、さっき自分が下りてきたエレヴェーターから、男が一人出てくるところであった。よれたつば広の帽子を目深にかぶり、これもよれたベージュのレインコートを着た男は、まさしく、ムッシュー・アレンである。

ウディ・アレンは玄関のドアを抜け、すぐ脇を通る。

横顔をみつめる視線を感じたのか、顔を隠すように帽子のつばをひき下げ、通り過ぎ、停《と》めてあった車へと歩いていく。裾までの長いレインコートの背に雨が降りかかる。乗り込んだ車は、ほかの車に紛《まぎ》れ雨夜の街に消えていった。

「タクシーが参りました。どちらまで」

「レストランのギイ・サヴォアまで」

タクシーの窓から街を眺める。

これもなにかの縁というものか、と思ってみる。

街の灯りが雨に潤んでいる。

ギイ・サヴォアは、セーヌに面した造幣局の二階にある。十八世紀の建物で、貨幣博物館やイヴェントのスペースも入っているらしい。

赤い絨毯の階段を上ると、シェフのギイ・サヴォアを中心に数人の料理人とサーヴィスのスタッフたちが出迎えている。小さいが重厚なドアを抜けると、暗く狭い廊下があり、その奥にメインダイニングがひろがっている。古典的な造りをベースに、グレーが基調のモダンなモノトーンのインテリア。窓に面した丸いテーブルに案内される。セーヌに雨が降り注いでいる。

ショープレートがさげられ、アミューズのまえに供されるのは、ショットグラスに入ったマッシュルームの冷たい一口スープ。飲み干して舌の奥に残ったのは、紛れもないシイタケの出汁で、和食の影響があるかと思われる。

ギイ・サヴォアというシェフは、スープがお好きか。アミューズにもスープが出て、このレストランのスペシャリテの一つにもスープがある。

まずアミューズで出てきたスープは、小さなグラスに入った焼き栗《ぐり》のポタージュで、味覚の秋が華麗に化粧してご挨拶、という趣。ほのぼのとした旨味が舌に沁み入る。

さて、シャンパンで洗われた舌が迎える本格的な最初の皿は、これこそレストランの自慢、というアーティチョークと黒トリュフのスープである。

皿に注がれて出てきたのは、どろりとした濃い茶色のスープ。スライスされた黒いトリュフが四枚ほど浮き、点々と混じって見える黒い粉はこれもトリュフ。

皿の脇には、マグカップほどの容器があって、トリュフバターが山盛りに入っている。バターといっても、攪拌《かくはん》はそこそこにした、見たところとろりとしたクリームである。それにブリオッシュ・フィユテもついている。これは、ブリオッシュをフィユテ（層）にし発酵バターを織り込んで焼いたパン。クロワッサンと似ているが、形状はふつうのブリオッシュ。触感がさくさくとしたデニッシュである。サーヴィスのスタッフがいうには、これにトリュフバターをたっぷり塗りスープに浮かべて食す、のであると。

「たっぷりですよ、たっぷり」と男はにこやかに念を押す。

まずはスープだけを掬って口に運ぶ。舌が応じるまえに鼻孔《びこう》がこれでもかとトリュフに撃ち抜かれる。芳烈《ほうれつ》というより爆烈とでもいうべきか。ついで、スープを味蕾が迎え、触られた瞬間、うち震えるほどの旨味の衝撃を受ける。アーティチョークはさほど劇的ではない。これは触感をどろりざらりとするためでもあり、きっとジャガイモでもユリ根でもソラ豆でもいいようなものだが、それでは味が変わってしまう。アーティチョークがトリュフと合うのだろうが、具材の味よりはスープそのものが舌を驚かせる。触感は、飲むというより食べる皿。脇に立って見ていた男に、ブリオッシュはなくても十分に旨い、というと、

「スープの出汁は野菜だけで、魚も肉も使っていません」

「でもバターやクリームは使っているでしょう」

「秘密のバターと魔法のクリームです」

男は笑い、急《せ》かせるように、トリュフバターのカップとブリオッシュの皿をずらして寄こす。

バターにバターか、と思いつつ、いわれるままにトリュフバターを掬いブリオッシュに塗る。が、スープには浮かべず、それだけをちぎって口に入れてみると、バター同士が不思議と優雅に抱き合い、それだけでも十分に旨い。スタッフの顔を見ると、困ったような表情をつくってみせ、さあブリオッシュを入れてください、と黙ってスープを指し示す。

いわれたようにスープにのせる。浸し、いっしょに口に運ぶ。

トリュフの香りがバターのほのかな風味を伴って口中から這《は》い上がり鼻孔を包む。味はスープとトリュフとブリオッシュとバターが、絶妙に絡み合うカルテットとでもいおうか、分厚く艶《あで》やかで濃密な音を奏で、舌を震わせる。震えは、どんどん激しくなるばかりで鎮まらない。トリュフバターが旨味を掻《か》き分けてしゃやしゃり出ないのが不思議で、ふわりとし、薄くのびる音色で三つの音に背後からぬかりなく溶け込んで転調する。

二口啜《すす》り、三口啜り、止まらなくなる。見事に豪奢《ごうしゃ》な旨味。厨房は巧妙辣腕《らつわん》の寝業師であろうか。スープは、皿の底で、よく澄んだ響きを曳きずる重低音の呻《うめ》き声を洩《も》らし続けている。掘っても掘ってもなお好色の鉱脈が蠢《うごめ》いて尽きない、とでもいう女。掘る男のほうはやがて辟易《へきえき》するはずだがいつまでも疲れがこない。食べれば食べるほど、舌は精悍《せいかん》になる、という始末。これはもうフレンチ美食の極北と呼んでさしつかえない皿ではなかろうか。

「スープのおかわりができるんですが」

食べ尽くしたのを見て、スタッフがいう。

「そんなに厨房に用意してあるんですか」

「まず百人のお客さまなら大丈夫でしょう」

スタッフは笑い、トリュフバターに眼を遣《や》ってあまり減っていないのに顔を顰《しか》めてみせる。

「バターもおかわりできますが。いかがです」

「死ぬまで食べられそうですが、可愛《かわい》い小さな胃が次の皿に脅《おび》えているんです」

ホタテ貝の皿。

スープとはがらりと意匠を変えた皿である。それほど饒舌《じょうぜつ》ではない。どこか寡黙で慎《つつ》ましいところがある。そう、ちょうど少女が女になったばかりというところ。少女は、母親に嘘《うそ》をつくと女になるという。ワケありの男を愛して父親にはもとよりなんでも話せた母親にもいえず、もの思いに沈み、色香は十分なのに口数が少ない、という風情。

ホタテ貝はほとんど生ま。肝やヒモは外して五つほどがほろりと皿にのっている。添えてあるのは、海藻のエキスを人工のイクラの要領で小さな球状に成形した、グリーンのいくつもの粒と、数種類のハーブ。ハーブのなかにはアイスプラントという、表面に、きらきら光る水滴のような、塩味のする粒がびっしりついた葉もある。全体にオリーヴオイルを一まわし。それに野菜の出汁のホワイトソース。

うつむき加減の色香が滴る、清冽《せいれつ》にして優美な皿である。

メインの皿は、ふたたび饒舌。

ホロホロ鳥のハムストリングスに、フォアグラと黒トリュフ、それに縮緬《ちりめん》キャベツを詰めて丸ごとローストした料理。脇のテーブルに運んでくる。

「お好きなだけ切り分けてさしあげます。さっぱりしたお肉ですから、たくさん食べられます」

スタッフは大きなナイフとフォークを手にしている。

「少しにしてください。今夜はデザートまでいきますから」

「おや、いつもはいかないんですか」

陽気に笑いながら、三切れほど分厚く切り、黒トリュフを数枚スライスしてのせ、ソースを掛ける。

鳥の白身は淡泊なので、タルトの代わりにでもするようにフォアグラと黒トリュフ、キャベツをのせて口に運ぶ。絡める飴色《あめいろ》のソースは、鳥のジュにバターを加えて煮詰め、これに粗くみじん切りにした黒トリュフを混ぜたもので、味は濃厚だがさらさらとしたテクスチャー。フォアグラは甘くふわりと舌で溶け、白身と一体となって喉に落ち、香る黒トリュフは鼻孔へとのぼる。いかにもご馳走《ちそう》という皿である。女になった少女も、ワケありの男ゆえ密室で二人きりになれば放埒《ほうらつ》にほどけ、一途になにもかもうち捨てて色香にまみれ、溶けてしまう。


デザート。

デザート・メニューを眺め、ミルフィーユを選ぶ。

「まことにけっこうなチョイスです。デザートまでいかないなんて、私どものレストランでは赦《ゆる》されません。しかもウチのミルフィーユを食べなかったら一生後悔いたします」

スタッフは愉しそうに笑う。

まず先に、サクサクというよりはカリカリした二本のパイが出、すぐにクリームをたっぷり盛った小さな銅鍋《どうなべ》が運ばれてくる。パイにクリームをたっぷり掛け、指で摘《つ》まむ。

これは相当に旨い。「一生後悔」はそのとおりかもしれない。ミルフィーユは何度も経験があるが、一生で初めての至上のミルフィーユ、といってよさそうである。

「タクシーを呼びましょうか」

というのへ、

「少し歩きます」

と応える。

雨が上がっていた。

ポン・ヌフやシテ島を背後にして、セーヌ沿いの通りを歩く。

少しすると、欄干に南京錠をぶらさげるので有名なポン・デザールのふもとにさしかかる。河畔側へ通りを渡る。

見下ろすと、セーヌには靄《もや》がかかっているようで、暗い。

対岸の黒々とした影はルーヴルだろうか。

ブリア＝サヴァランは、人間にとって最後の快楽は食卓にある、といったらしいが、今回のパリ滞在の最後の快楽は、どうやら今夜の食卓となりそうである。あと二泊で、パリと南仏の四十日は終わる。

しばらく歩き、ポン・ロワイヤルを右岸へ渡る。

星が一つ二つ見える。雨はすっかり上がったようである。

映画『ミッドナイト・イン・パリ』のラスト・シーンでは、雨が降り始める。女が、「パリは雨がいちばんステキなの」といい、男と女は濡れながら、アレクサンドル三世橋を渡っていく。

雨上がりのパリが、心地よく匂っている。

参考文献

アニエス・ポワリエ『パリ左岸　1940―50年』木下哲夫訳　白水社
ボリス・ヴィアン『サン＝ジェルマン＝デ＝プレ入門』浜本正文訳　文遊社
ジョン・リウォルド『印象派の歴史　上・下』三浦篤／坂上桂子訳　角川ソフィア文庫
ジャン＝ピエール・プーラン／エドモン・ネランク『フランス料理の歴史』山内秀文訳・解説　角川ソフィア文庫
ハーバート・R・ロットマン『マン・レイ　写真と恋とカフェの日々』木下哲夫訳　白水社
ブリア＝サヴァラン『美味礼讃　上・下』玉村豊雄編訳・解説　中公文庫
ジャン・ルノワール『わが父　ルノワール』粟津則雄訳　みすず書房
ピーター・メイル『南仏プロヴァンスの12か月』池央耿訳　河出文庫
アーネスト・ヘミングウェイ『移動祝祭日』高見浩訳　新潮文庫

フランシス・ギース『中世ヨーロッパの騎士』椎野淳訳　講談社学術文庫
マイルス・デイヴィス／クインシー・トゥループ『マイルス・デイヴィス自伝』中山康樹訳　シンコーミュージック・エンタテイメント
ジュリエット・グレコ『グレコ　恋はいのち』中村敬子訳　新潮社
新関公子『ゴッホ　契約の兄弟　フィンセントとテオ・ファン・ゴッホ』ブリュッケ
小林秀雄『近代絵画』新潮文庫
小林秀雄『ゴッホの手紙』新潮文庫
澁澤龍彥『サド侯爵の生涯』中公文庫
澁澤龍彥『サド侯爵　あるいは城と牢獄』河出文庫
鯖田豊之『世界の歴史9　ヨーロッパ中世』河出書房新社
吉田秀和『セザンヌ物語』ちくま文庫

本書は「ランティエ」二〇二三年十一月号から
二〇二四年八月号まで連載した作品に加筆・修正いたしました。

画　濱愛子
装幀　緒方修一

著者略歴

河村季里〈かわむら・きり〉
1944年生まれ。
著書として『屋根のない車』『青春の巡礼』（角川書店）
など。

Kadokawa Haruki Corporation

河村季里

旅《たび》と食《しよく》卓《たく》

＊

2024年12月8日第一刷発行

発行者　角川春樹
発行所　株式会社　角川春樹事務所
〒102-0074　東京都千代田区九段南2-1-30　イタリア文化会館ビル
電話03-3263-5881（営業）　03-3263-5247（編集）
印刷・製本　中央精版印刷株式会社

ISBN978-4-7584-1476-0 C0095
http://www.kadokawaharuki.co.jp/